Realidad Alterna

Guillermo José Dáger Pérez.

Publicación del Colegio Camino del Coral de Cartagena.

Rectora: Reina Pérez Cuello.

Edición: Hortencia Naizzara Rodríguez.

Diseño e ilustración de la portada: Alma Hernández Álvarez

Colegio Camino del Coral:

Alameda la Victoria manzana B lote 8

Impreso y hecho en Colombia.

Se imprimieron 1000 ejemplares.

Cartagena de Indias, Colombia, 2009.

Compre este libro en línea visitando www.trafford.com
o por correo electrónico escribiendo a orders@trafford.com

La gran mayoría de los títulos de Trafford Publishing también
están disponibles en las principales tiendas de libros en línea.

Aviso a Bibliotecarios: La catalogación bibliográfica de este libro se encuentra en la
base de datos de la Biblioteca y Archivos del Canadá. Estos datos se pueden obtener
a través de la siguiente página web: www.collectionscanada.ca/amicus/index-e.html

Impreso en Victoria, BC, Canadá.

ISBN: 978-1-4269-0060-0 (sc)
ISBN: 978-1-4269-0152-2 (hc)
ISBN: 978-1-4269-0935-1 (eBook)

*Nuestra misión es ofrecer eficientemente el mejor y más exhaustivo servicio de
publicación de libros en el mundo, facilitando el éxito de cada autor. Para
conocer más acerca de cómo publicar su libro a su manera y hacerlo disponible
alrededor del mundo, visítenos en la dirección www.trafford.com*

Trafford rev. 09/08/09

 www.trafford.com

Para Norteamérica y el mundo entero
llamadas sin cargo: 1 888 232 4444 (USA & Canadá)
teléfono: 250 383 6864 ♦ fax: 812 355 4082

Guillermo José Dáger Pérez.Cartagena 1981. Realizó estudios de medicina en la Universidad Del Sinú Cartagena. Se desempeña como docente del colegio caminos del coral Cartagena, en donde coordina actividades literarias con sus estudiantes. Realidad alterna es su primera publicación.

Guillermo Dáger Pérez

Realidad Alterna

Relato

"A veces la realidad no es lo que parece, ¡Como saber que estas soñando Si crees estar despierto!"

PROLOGO

Esta historia es una combinación de múltiples factores, uno de los más llamativos es el toque social, cómo una familia de seis personas con varios intereses en común, pero a la vez tan diferentes, tratan de sobrevivir a las circunstancias que la vida les pone y a la vez las circunstancias que ellos mismos crean haciendo de sus sueños su realidad; pero, qué es la realidad?, cómo podemos decir que algo es real si la mente tiene la facultad de transformar nuestro mundo y a adaptarse a nuevas circunstancias con inteligencia, tolerancia, creatividad, respeto e incluso con fantasías, buscando su bienestar y la felicidad. La felicidad que es el estado mental y físico anhelado, pero será que la felicidad siempre se encuentra en lo real? O lo real siempre nos hace felices?.

Como el nivel socioeconómico inmerso en los avances del siglo XXI facilita la disfunción familiar, la cual conlleva todas las dificultades que los hijos puedan presentar, tanto emocional como afectivamente, nos preguntamos qué tan asequible puede ser para las personas que no tienen el dinero necesario obtener la atención médica oportuna para tratar esta problemática hija del modernismo. Por otra parte cuántas confusiones y problemas pueden crear aquellas personas que no son comprendidas ni atendidas por la sociedad y generalmente, incluido el mismo Estado, se ignoran estos problemas, olvidándonos que algún día un familiar o nosotros mismos podemos estar en esa situación.

Será que nos encontramos preparados para afrontar los avances del tiempo y con ello los de nuestra mente quien es tan poderosa, que puede sumergirnos en un sueño sin fin o únicamente colocarnos en un laberinto sin salida.

La presente obra, a través de intrigas, suspenso, confusión fantasías e investigación policiva se propone demostrar que sí es posible observar una relación con la realidad y lo que para ti es real. Además hace un análisis sobre la pertinencia de dividir tajantemente lo imaginario de lo real. A través de lo plasmado invita a que el lector abra su mente y encuentre un motivo de reflexión sobre su vida.

A dios por todas las bendiciones que nos da a diario

A mi padre Carlos Dager Gerala por su ejemplo a emular

A mi madre Reyna Pérez Cuello por darme la vida y el legado de escribir

A mi esposa alma Hernández Álvarez por ser mi musa inspiradora y el amor de mi vida

A mis abuelos Raúl Novoa Guillermo Pérez e Hilda Cuello por creer siempre en mi

A el resto de mis familiares por quererme y comprenderme

A mis amigos por su apoyo

En el cuarto piso, habitación 405 de un sanatorio para enfermos mentales de una ruidosa ciudad de América Latina, Rafael Monterrosa abre los ojos después de varios días de estar sumido en un profundo sueño. Su primera reacción es de sorpresa. ¡Esta no es la habitación de mi casa! ¿Dónde están todos? ¿Dónde estoy yo?. Un ruido de agua al caer hace que dirija sus ojos hacia la ventana y pueda ver el fuerte aguacero que en esos momentos azota la ciudad. Con un dejo de resignación toma de la mesita al lado de la cama, un paquete de cigarrillos. Enciende uno y se lo lleva a los labios. Absorto en la espiral del humo de su cigarro piensa: ¿Qué será este sitio? ¿Qué hago yo aquí? Lo último que recuerdo es la sala de mi casa, mi esposa sentada en el sofá con los niños a cada lado suyo, llorando. ¿Pero si él era feliz qué pasó? ¿Dónde están ellos? ¿Por qué todo cambió? Tiró el cigarrillo apagado al piso y volvió a mirar por la ventana. No cesaba de llover. Rafael pensó: "La ciudad se va a inundar. Mucha gente correrá por las avenidas buscando donde guarecerse. Menos mal que no hay descargas eléctricas".

Se arrebujó en su cama, pero muy pronto unos fuertes gritos que venían de la habitación del frente le ponen en alerta. Vuelve su mirada hacia la puerta y logra ver a un hombre despeinado, gritando desesperadamente. Dos hombres vestidos de blanco tratan de controlarlo para amarrarlo a la cama. Rafael se estremece: "Estoy en un sanatorio para enfermos mentales". Sus ojos se abren como si quisieran salirse de sus órbitas. En ese preciso instante entra una enfermera con una bandeja en la mano para aplicarle un medicamento. Él se niega, se rebela. Trata de impedirlo y dirigiéndose a la enfermera le pregunta: "¿-Explíqueme qué hago yo aquí? La enfermera dibuja una sonrisa amable y dulce, le dice que llegó un poco alterado, pero que pronto vendrá el médico quien le podrá dar todas las explicaciones necesarias, - por el momento - déjese aplicar el medicamento, es por su bien. Rafael, ante la dulzura de la enfermera aceptó.

Mientras el líquido penetraba en su cuerpo tuvo un fugaz

pensamiento. Él estudiaba Derecho en la Universidad... Pero sus recuerdos se están desvaneciendo. Parece como si se hubiese apagado su memoria. Sus ojos se vuelven a cerrar y cae en un profundo sueño.

Despunta la mañana, seguirá fría y el cielo encapotado, como presagio de continuas lluvias. Rafael abre los ojos y se siente en una bruma. En un esfuerzo sobrehumano, como un débil corcel, los recuerdos comienzan a agolparse en su mente. Recuerda su infancia, la calidez del hogar paterno, la sonrisa inconfundible de su padre, la fortaleza de su madre, los paseos para contemplar el crepúsculo, la muerte de su padre, que fue el primer contra la realidad. Fue algo doloroso e inexplicable. Algo que cambió en ese momento su concepción de la vida para vislumbrar la muerte.

Recordó el momento en el que llegó a la Universidad de Cartagena a estudiar Derecho, cuando conoció a su esposa Sandra Arrieta Galvis. Ella estudiaba Trabajo Social, su clase quedaba frente a la suya, y pensó en lo difícil que fue conseguir que se fijara en él. Los ramos de flores, las serenatas, las tarjetas y demás embelecos con los que se amansa el corazón de las mujeres. Se casaron en la Iglesia San Pedro Claver el 5 de febrero de 1990. Tuvieron dos hermosos hijos, de los cuales él se sentía orgulloso.

Por la puerta de la habitación entra un hombre alto, con gafas., de seguro es el médico. Se sienta y trata de conversar con él. Rafael no accede a la charla. Aquel médico no le dice su verdadero nombre. Le pide que reconozca que todo fue producto de su enajenación. Rafael alterado se levanta, arrojando la silla contra el ventanal. Le grita al médico que le devuelva su vida o no volverá a hablar con él. El médico sale de la habitación mientras Rafael se sienta a hacer lo que ha venido haciendo los últimos días: pensar con detalles en su vida y en su pesadilla.

La mañana del lunes 24 de marzo de 2005 fue la primera vez que Rafael Monterrosa notó que algo andaba mal. Salió muy temprano de la casa a su oficina, en el edificio Bancafe, y luego tendría que ir al Juzgado a seguir unos procesos judiciales. De pronto, tuvo la leve sensación de que todo el mundo lo miraba de una manera extraña, no prestó atención. Creyó que era pasajero, pero cuando estaba en el Juzgado sintió que alguien le habló al oído y le dijo: "Mira ese tipo, todos los días viene aquí. Se cree abogado, y que feo viste". Otra voz le contestó: "cierto, y huele horrible". Volteó para encarar a las personas que lo ofendían, pero no vio a nadie.

En el camino hacia el parqueadero meditó sobre qué cosas extrañas había hecho los días anteriores, y lo único que le llamó la atención fueron las pastillas que tomó por recomendación de una señora que conoció en el ascensor de Bancafe, tras una brevísima charla durante la cual él le contó que no podía dormir. Ahora que lo pensaba bien, aquella señora le habló como si lo conociera de muchos años atrás, aunque él estaba seguro de no haberla visto nunca. Ella le hablaba con mucha familiaridad de cosas que él no podía recordar. En ese momento, tomó una decisión: Iría al boticario de su barrio para averiguar que contenían aquellas pastillas que pudieron afectarle de esa manera.

Al subir al carro y conducir por la avenida Santander tuvo una nueva y extraña sensación. Sentía que iba caminando con la tapa de un galón de manteca en sus manos, como jugando a que tenía un carro. Pero fue muy fugaz, con sólo cerrar los ojos pudo recuperarse y volvió a pensar: "esto es serio, ¿qué contienen estas pastillas?" hasta sospechó que esa mujer se las había ingeniado para drogarlo.

El boticario le explicó que aquellos medicamentos eran unos antipsicóticos de uso regular. ¿Pero por qué aquella mujer le daria ese medicamento si sólo él quería una droga para dormir?. Se encontraba lleno de dudas. Hasta esas alturas, había sido ese un día muy excitante. Al llegar a la casa se encontró con la sorpresa que su esposa no estaba. Mayor fue su sorpresa al entrar, en el sofá se encontraba sentada aquella señora que le había dado las pastillas. Muy alterado le preguntó:

- ¿Qué hace usted aquí? ¿Cómo pudo entrar?

Y ella respondió:

- ¿Otra vez vas empezar, Manuel? Vivo aquí contigo.

Rafael muy confundido replicó:

- ¡Pero qué dice¡ Esta es la casa de los Monterrosa Arrieta y yo no me llamo Manuel.

Mi nombre es Rafael Monterrosa Ardila.

Recordó que de esa forma lo había llamado la otra vez que se vieron… cuando le entregó la medicina. Enardecido le dijo a la señora:

- ¿Pero qué es esto? ¿Una cámara escondida? Si es eso, por favor pare, usted me va a enloquecer.

La mujer no le respondió nada. Parecía sorprendida con lo que Rafael le decía.

- Displicente miró a Rafael y le dijo: "deje de hablar de esa manera y conteste ¿ya se tomó las pastillas de la noche?".

Rafael pensó que aquella mujer era una estafadora, que sus sospechas eran ciertas. Quería algo de él o de su familia.

- No sé quién es usted, pero algo turbio guarda, dígame de una buena vez qué quiere usted de mí, o de mi familia.

Ella replicó.

- Deje de decir babosadas. Tómese la pastilla y váyase a la cama.

Rafael seguía muy confundido. Aquella mujer le hablaba con autoridad, se acercó al teléfono para llamar a la policía. Le contestaron a su llamado. De momento no sabía qué decir, al fin informó que una extraña estaba en su casa tratando de robarle. Cerró el teléfono y se sentó en el sofá, se sirvió un trago porque sentía reseca la garganta.

Luego le pidió a la mujer que se fuera de su casa. Ésta le lanzó una cínica carcajada y entró a la habitación principal. Él se quedó en la sala esperando a la patrulla que había solicitado. Prendió un cigarrillo y se acomodó en el sofá. Cuando de pronto oyó en la puerta pasos que se acercaban, corrió a ver quien era y vio por el ventanal a su esposa y a sus dos hijos. Corrió a abrir la puerta, al instante escuchó las sirenas de la policía que se acercaban.

Su esposa le preguntó:

- ¿Qué sucede Rafael? ¿Por qué viene la policía?

Le contestó que luego le explicaría. Los policías entraron a la casa y él les contó lo que sucedía. Ellos, con cautela intentaron entrar al cuarto y por más que buscaron en el cuarto y en la casa, no encontraron rastros de dicha persona, ni de que alguien hubiese violentado la puerta o las ventanas. Pero como era un hombre muy respetable, accedieron a realizar las investigaciones correspondientes al caso y le pidieron que colocara la denuncia.

Su esposa se sentó a un lado con los niños. Él le contó lo que sucedía. Sacó el frasco de medicamentos y se lo mostró. Ella le pidió que no tomara más esas pastillas y que llamara a un médico. Por supuesto que él no las tomaría más. Sandra, muy triste, comenzó a llorar.

En el piso 3 del edificio Banco Popular se reunían el señor Alberto Monterrosa, Representante Legal de la sociedad Monteardila y su abogado Emiro Pretel, para discutir sobre la situación actual de la empresa. En ese momento el señor Alberto era dueño del 51% de las acciones, y el resto de la Junta de Socios, integrada por diez personas, dueñas cada una del 3%, y uno de los socios, dueño del 19%, el abogado Mario Rodelán.

- Señor la situación es clara. Usted no tiene herederos, y si falleciera o se dividirán las acciones por partes iguales entre los socios, por partes iguales como lo dice la escritura de Constitución. Hay uno que será el poseedor del 27%, el Dr. Rodelán, quien pasaría a ser el socio mayoritario y, por ende, Representante Legal. Ahora, señor Monterrosa, yo tenía entendido que usted tenía un hijo.

El señor Alberto contestó:

- Ya te he dicho que no tengo hijos. Mi único hijo y mi esposa fallecieron hace muchos años en un accidente automovilístico.

- De todas formas - respondió el abogado - la única manera de que usted decida que hacer con sus acciones, es dejando un testamento donde explique a quién se las entregara.

La conversación quedó allí. El señor Alberto se dirigió a su casa, ya era un hombre viejo y cansado. El testamento estaba hecho, pero Alberto no se lo diría a nadie. Ese era su as bajo la manga, ya que las relaciones con sus socios en los últimos tiempos no iban bien. Nunca estaban de acuerdo con sus decisiones.

Al llegar eran las 7:00 pm. Se bajó del auto en la calle 8 de Bocagrande. Una persona se le acercó. ¿Otra vez usted?, "no se cansa de molestarme" le increpo el viejo.

El hombre lo miro. – Pero, papá ¿cuándo me vas a perdonar? ¿Qué hice tan grave que ha endurecido tu corazón?

- ¿De qué habla usted? ¿Hasta cuándo? le he de decir que mi hijo falleció y que usted no es él.

- Entonces, ¿Por qué no me ha denunciado? Por algo debe ser.

- No lo he denunciado por varias razones. La primera, no quiero escándalos. No me conviene, y la segunda, no quiero revivir episodios dolorosos del pasado. Así que váyase, o me veré en la penosa necesidad de denunciarlo.

Rafael dio media vuelta y se marchó. Por su mente pasaban muchas cosas. Incluso el recuerdo de todo lo que había sufrido y la separación para siempre de su padre, Alberto entró muy molesto a la casa, encontrándose de frente con una visita que lo sorprendió como nunca. Era una mujer.

- ¿Qué haces aquí? ¿Qué quieres? Te dije que te largaras, que desaparecieras para siempre de mi vida. No quiero volverte a ver jamás.

- - ¿Por qué me tratas de esta forma? Si al fin y al cabo te di todo lo que soy. Por lo menos agradéceme eso.

- No hables más. Cállate. Lárgate de mi casa, y espero no verte nunca más - fue la respuesta de la mujer-.

Alguien, de repente, se le acercó y le propinó un golpe contundente en el occipital; Alberto dio un grito de dolor que se escuchó en todo el barrio. El golpe lo dejó casi inconsciente, en estado de obnubilación pudo ver como esa persona se abalanzaba y le propinaba un golpe certero que acabó con su vida.

El capitán de la Policía Nacional, Alonso Martínez, recibió una llamada donde la Policía Nacional le informaba, sobre el asesinato y daba la dirección exacta. Al llegar al sitio los agentes de la Policía explicaron con detalles, que unos vecinos llamaron porque escucharon un grito. Vieron salir de la casa a un hombre bien vestido y, unos minutos después a una mujer. La puerta estaba abierta y no había señales de que hubiera sido forzada. Martínez bajó del carro y se acercó a la puerta de entrada. Se percató de que en la entrada había una foto del señor Alberto. Al entrar a la casa encontró a un hombre de más o menos sesenta y cinco años, de pelo blanco y con una expresión de miedo en la mirada que yacía sin vida, y por su cuello corría sangre rutilante que hacía un camino a lo largo de la sala.

Ordenó que se acordonara el área. Llegó corriendo una señora que se acercó al Capitán Alonso.

- ¿Qué sucede? –Preguntó.

Los Policías la detuvieron y le pidieron que se identificara. La mujer respondió que se llamaba Mariela Fonseca, el ama de llaves del señor Alberto desde que falleció su esposa, Sandra Ardila. Era lo más cercano a un familiar que el señor Alberto pudiese tener en los últimos años.

La dejaron entrar a la escena del crimen y la interrogaron, sin obtener mucha información útil para el caso.

- El señor Alberto no tenía enemigos. Era un hombre caritativo que ayudaba a todo aquel que le necesitare. No sé quién pudo hacer esto.

Al preguntar por su familia, ella contestó: -"Bueno, lo que sucedió es muy confuso. Él me explicó que su esposa y su hijo iban en un automóvil y se estrellaron. Ella murió y el niño también.

- -¿Conoce a alguien que le hubiera amenazado? – Preguntó el Capitán-

Ella negó con la cabeza, pero luego dijo:

- Esperé un momento. Hay alguien que últimamente había frecuentado al señor Monterrosa. Un hombre, con una vestimenta algo elegante, pero deteriorada. Lo interceptaba cuando estaba solo. Yo no lo conozco. El señor Monterrosa me había dicho que este hombre decía ser su hijo y que lo acosaba. Hay una mujer que también había hablado con él en varias ocasiones… lo atormentaba. Al parecer era su antigua ama de llaves.

El señor contestó:

- ¿Por qué cree usted que nunca hizo la denuncia correspondiente?

- - No lo sé, pero era algo que lo perturbaba mucho. Me dijo que el hombre se hacía llamar Rafael Monterrosa.

Los Policías iniciaron la recopilación de las pruebas.

El teniente Moreno ordenó al Capitán ubicar y localizar a ese tal Rafael Monterrosa.

El teniente entró a la base de datos y encontró a Rafael Monterrosa.

- Señor, de acuerdo con la información de la Red Nacional de Información, Rafael Monterrosa murió a la edad de 10 años junto a su madre Sandra Ardila, en un accidente automovilístico-.

El Capitán sonrió y dijo: Parece que este caso no es nada fácil. Estamos ante un hombre que suplanta identidad, un posible asesino.

Rafael se levantó más temprano que de costumbre. Su corazón latía más fuerte de lo normal. Había tenido una pesadilla. En la oscuridad de las cinco de la mañana escuchó una voz:

- "Manuel qué haces despierto tan temprano. Ya vas a molestar".

Al darse vuelta en la cama no encontró a nadie. Aumentaba la frecuencia de los latidos de su corazón.

- "Esas pastillas han alterado mi juicio, se dijo así mismo. Debo buscar un médico. Pensó que tal vez estaban conspirando contra él. Encendió la luz y se dirigió al directorio telefónico, percatándose de que no coordinaba los pensamientos, así era muy difícil encontrar el número que buscaba. Encontró por fin la página de médicos, halló la de Psiquiatría y ubicó al doctor Roberto González. Apuntó el número telefónico con la firme decisión de que apenas amaneciera llamaría para apartar una cita.

Pasó por la alcoba de sus hijos y vio *aquella* mujer con el cuchillo que amenazaba con matar a la niña. Lanzó un grito de terror y corrió tumbando una mesa; Sandra en la otra habitación corrió alarmada por el estruendo. Al llegar a la habitación encontró a Rafael cargando a Sandra Carolina y llorando. Sandra, un poco alterada le preguntó, qué pasaba ¿Qué es todo esto Rafael? Él contestó muy asustado: - "Es esa mujer que me persigue, que me está amargando la vida".

Sandra lo miró asombrada.

- ¿De qué mujer hablas Manuel? Aquí no hay nadie. Solamente estamos tu y yo

- ¿Mi amor qué te pasa?, te llamé Rafael. Creo que necesitas ayuda. Esas pastillas debe ser algún tipo de alucinógeno.

- Por favor, te lo pido – la interrumpió él- toma este número de teléfono. Es de un psiquiatra. Apártame una cita mañana mismo.

Rafael se sorprendió al comprobar que Sandra se alegraba demasiado por la petición de ir al psiquiatra. De hecho muy temprano llamó a pedir la cita, mientras Rafael entraba al baño. Después le comentó que ya la cita estaba apartada, y la dirección estaba anotada en un papel sobre la mesita del teléfono. Agregó que la consulta costaba cien mil pesos. Rafael se llevó la mano al bolsillo, pero no tenia efectivo. Sacó su tarjeta de crédito y se la mostró a Sandra. Sandra abrió su mano y le puso cien mil pesos en billetes de veinte mil.

Lo había sorprendido, la cita estaba apartada para las cuatro de la tarde. Ella prefirió no ir a trabajar y se quedaron en casa tranquilos, esperando el momento de ir al médico.

La tarde llegó y la cita también, al entrar al consultorio encontraron a un hombre con gafas, delgado, alto, con una sonrisa amable.

La conversación fue rutinaria. Pero algo resaltaba a la vista de González. Para ser un abogado prestigioso Rafael estaba un tanto desaliñado, con mal aspecto, lo que se relacionaba con su impresión diagnóstica posterior. En el interrogatorio él llegó a la conclusión de que su niñez era confusa y fragmentada.

Cuando éste comenzó a contar sus síntomas lo primero que notó el doctor González fue que aquel paciente tenía delirios de persecución, alucinaciones auditivas. Una especie de psicosis. Pero, por sus antecedentes, no podía ser una esquizofrenia. Por lo menos hasta ahora ese era el diagnostico.

Le insistió a qué tipo de tensiones había estado sometido. Rafael respondió con la cabeza, había pasado muchas noches sin conciliar el sueño, y lo mas importante, una mujer que no recordaba quién era, le había dicho que se tomara unas pastillas, las sacó de su bolsillo y las enseñó al doctor González preguntándole si aquellos medicamentos podían ser los culpables de esos síntomas. El doctor revisó el nombre y contestó: -"Este medicamento es Clozapina de 50 mg y es un antipsicótico que se usa para dormir, ellos no producen delirios o alucinaciones, todo lo contrario ayudan a que los pacientes tengan comportamientos erráticos. Debo confesarle que pensaba medicarle esta misma droga.

Rafael dudó, pero aquel médico despertaba en él mucha confianza. Y pensó debo tomar este medicamento. El doctor González otro tratamiento: *Risperdal* una vez al día y lo esperaba en una semana.

La cabeza del capitán Martínez daba muchas vueltas pensando en cómo darían con el paradero de Rafael Monterrosa o el supuesto impostor. Sentado en casa del señor Alberto, notó que el teléfono tenía identificador de llamadas. Observó con detenimiento y tuvo la idea de que aquella llamada perdida que aparecía registrada debía tener alguna relación con todo lo sucedido. Y decidió devolver la llamada. Contestaron de los Juzgados Distritales.

El capitán Martínez acudió con sus agentes. El primer paso era preguntar si alguien conocía a un hombre llamado Rafael

Monterrosa. Sin obtener respuesta, bajó hacia la portería para interrogar al portero. Pero antes le solicitó el libro de registros de las personas que habían visitado los juzgados el día anterior y se sorprendió al ver el nombre de Rafael Monterrosa entre los anotados. Preguntó al portero si le conocía.

- Si, señor. Recuerdo bien a este hombre porque se portó muy amable conmigo. Soy nuevo aquí, pero dicen los demás vigilantes que este hombre viene periódicamente a los juzgados.

- Pero, ¿a una persona que visitaba día a día los juzgados nadie en ese sitio la conocía? Acordó con el portero que para cuando Monterrosa regresara le informaran a su teléfono móvil, pues era sospechoso del asesinato de don Alberto Monterrosa.

Cuando abandonaron los juzgados, el capitán Martínez recibió una llamada de Medicina Legal. Le informaban que la victima había sido atacada y golpeada antes de fallecer. La causa de su muerte era un trauma craneoencefálico severo. Esta información de la necropsia poco ayudaría a la investigación, pues las únicas huellas encontradas en la casa eran las del señor Alberto.

El teléfono timbró; el capitán Martínez pensó en lo hábil que había resultado el portero del Juzgado Distrital. Pero al contestar su rostro reflejaba un dejo de desilusión. Era uno de los investigadores judiciales que aún seguía en la casa del señor Alberto. Le informaba que habían encontrado una pista importante. De inmediato Martínez se acercó a la casa y su sorpresa fue mayúscula cuando el investigador le entregó una foto de un hombre esbelto con un vestido entero deteriorado, y pensó en vos alta.

- "¿Será este Rafael Monterrosa?"

Preguntó quién se la había dado.

- Un vecino me la entregó –contestó el investigador judicial-. Anoche le llamó la atención que este hombre estaba desde temprano en la esquina de la casa como esperando al señor Monterrosa. Por curiosidad le tomó esta foto, pero él quiere mantenerse en el anonimato por su seguridad.

- Esta es una valiosa prueba –dijo- y regresó a los juzgados para interrogar al portero. Quería saber si aquel hombre por el que había indagado era el mismo de la foto.

Sin vacilar, contestó afirmativamente.

- ¿Esta seguro?

- Más seguro que de mi nombre. Este hombre es el que dicen que viene aquí casi todos los días.

- ¿Sabe usted a qué horas suele frecuentar este hombre el juzgado?

El portero un poco dudoso le dijo que no estaba seguro, entonces hizo una llamada y respondió que por lo general llegaba alrededor de las diez de la mañana.

Martínez pensó: "Que esa sería la hora en que él y sus investigadores judiciales estarían allí para capturarlo". Le advirtió que era un operativo policiaco y que no debía avisarle a nadie, pues pondría en aviso al sospechoso. Incluso le informó que él había detenido la noticia en los medios de comunicación para que el presunto asesino continuara confiado.

El despertador de Rafael sonó más duro que de costumbre. Había dormido toda la noche a causa del medicamento que le había ordenado el médico. Seguido al estruendo del despertador lo primero que escuchó fue una voz que le decía:

- Si ves Manuel, cada vez estás peor ¿adónde vas a llegar?, a pesar de que tomas otras medicinas no mejoras.

- Déjeme en paz, gritó él, no sé de que habla, ni quien es Manuel.

Volteó hacia su esposa, por que se imaginó que el grito la despertaría, pero para su sorpresa y angustia a su lado no había nadie, estaba solo. Se levantó corriendo y se asomó por la ventana, y su estupor fue mayor por lo que vio, o mejor, por lo que no vio. Su auto último modelo no estaba en el garaje, seria que su mujer se lo llevó, o peor, la secuestraron junto con los niños.

Corrió por las escaleras y, al pisar el segundo escalón, perdió el equilibrio de su cuerpo y rodó por las escaleras hasta llegar al rellano de la salita de estar. Por un momento perdió el control de su mente, pero lo recuperó en pocos segundos. Al tratar de incorporarse se oyó un grito que provenía de la segunda planta.

- ¿Qué pasa Rafael? ¿Qué fue ese ruido?

Rafael se volteó sorprendido.

- Mi amor, ¿dónde estabas?

Su mujer contestó:

- No tenías que buscarme en la primera planta sino en la segunda. No me di cuenta de cuando te levantaste de la cama.

Él se quedó atónito, pues juraría que ella no estaba en la cama. De pronto recordó con nerviosismo que el carro no estaba y que seguramente algunos delincuentes se lo habían llevado. Corrió hacia la puerta y la sorpresa fue aún peor: el carro estaba allí como si nadie lo hubiese tocado. Se tomó la cabeza con las dos manos y casi llorando, subió hasta donde estaba Sandra. Luego de toda la conmoción se bañó y se vistió para tratar de continuar con sus labores, para olvidar tanta tortura.

Eran las 12:00 m., como siempre llegó a los Juzgados, pero esta vez se encontró con tres hombres, uno alto, corpulento, de piel morena, que se le acercó

- ¿Es usted Rafael Monterrosa.?

Él dudó un poco en responder. Con todo lo que había sucedido ya no le extrañaba que esto fuera una de las trampas de su mente.

- Capitán Martinez del CTI de la Policía Judicial, dijo el hombre. Necesito hablar con usted.

Entraron al patio de frondosos árboles y se sentaron. Martínez fue al grano.

- Señor no sé si está enterado de que antes de anoche asesinaron en su casa al señor Alberto Monterrosa.

Rafael no supo que pensar. Muchas cosas pasaron por su mente. Su expresión era de angustia, de ansiedad y consternación, pues recordaba haberse encontrado con él esa noche.

- ¡Mi padre muerto!, ¿Quién pudo asesinarlo?

Martínez también estaba consternado: la expresión de aquel hombre no era la de un asesino en evidencia, sino la de un hijo dolido.

- Su padre… Tengo entendido por versiones fidedignas que usted a pesar de tener el nombre del hijo del señor Alberto, no es su hijo. Este murió en un accidente automovilístico.

- A pesar de lo que ha escuchado, incluso hasta dicho por mi padre, no es cierto, yo si soy su hijo… yo era su hijo.

- Pero, ¿Por qué un padre negaría a su único hijo?. Preguntó Martínez.

Unas lágrimas corrieron por las mejillas de Rafael. Su triste pasado, inexorablemente volvería, y quizás esta vez más cruel que nunca.

- Yo no lo tengo claro. Mi niñez, incluso para mí, es confusa. Pero se que él me culpaba por la muerte de mamá. No sé que pude haber hecho… A pesar del tiempo nunca me lo perdonó.

Hice todo lo que pude para que me perdonara y, lo peor, nunca me dijo que fue lo que hice, o por qué me acusaba de la muerte de mamá.

- Lamento decirle señor Rafael, que a pesar de lo que me ha dicho, usted es el principal sospechoso del asesinato del señor Alberto. Todas las pistas apuntan a que la única persona que incomodaba al señor Alberto e irrumpía en su intimidad era usted. Hay testigos y pruebas fehacientes.

Acto seguido, le mostró la foto suministrada por el vecino. Fotografía en la que se observaba a Rafael merodeando la casa de Alberto. Le explicó que había testigos que aseguraban que esa noche, minutos antes del asesinato, él había interceptado al señor Alberto.

¡Yo no mataría a mi padre¡ habló con voz entrecortada Rafael. Su ausencia durante tantos años me hizo amarlo más, porque además de mi esposa… y mis hijos, era lo único que tenía.

- Quisiera que fuera cierto, señor Rafael, y eso espero. Pero de todas formas debe declarar ante un fiscal. Lamento decirle que está usted detenido por el homicidio del señor Alberto Monterrosa.

Rafael fue sacado esposado de los Juzgados. Después de todo lo que había sucedido en esos últimos días, en la patrulla sólo pensaba en que sí era probable que aquellos hechos raros experimentados pudieran haberlo llevado a asesinar a su padre en un momento de enajenación mental que no podía recordar, cosa que no sería extraña y que en ese momento puso el corazón de Rafael a mil, por el simple hecho de pensar que podía en verdad ser el asesino.

En las oficinas de la Sociedad Monteardila, el abogado del señor Monterrosa se encuentra reunido con el resto de personas que conforman la sociedad. Explicaba los pormenores del asesinato y la organización del sepelio. No perdió la oportunidad de poner sobre el tapete el problema de las escrituras de constitución de la sociedad, ya que en ellas estaba especificado que si el señor Monterrosa fallecía, sus acciones pasarían a manos de sus herederos, y si no fuese así, en segunda instancia, las acciones se dividirían con el resto de los socios y que lo último que podría cambiar esto seria un testamento escrito por el señor Monterrosa.

Uno de los socios se levantó:

- Se que ese es su deber abogado – dijo -, pero el señor Alberto fue alguien muy importante para nosotros y muy querido. Pienso que lo primero es ocuparnos de su despedida. Los aspectos legales de la sociedad tendrán su tiempo para ser discutidos.

El resto de los socios asintieron con la cabeza. El abogado no quedó muy contento con lo que se dijo, pero de todas formas tuvo que aceptar.

Por ser un caso de asesinato, el sepelio fue lo más discreto posible. Solo asistieron los socios, el abogado y su cercana ama de llaves. Su última morada fue el cementerio de Manga en un mausoleo donde habían sido enterrados sus padres, su esposa e hijo .

En los recintos de la Fiscalía Distrital, un fiscal interrogaba a Rafael tratando de esclarecer los móviles del asesinato. Rafael explicó claramente que él interceptó al señor Alberto a las 7:00 p.m., pero luego de una corta conversación se había alejado de su casa y no supo más de él sino hasta hoy, cuando le dijeron que estaba muerto. El fiscal indagó sobre la fotografía que le habían tomado increpando al señor Alberto. Rafael aclaró que la conversación era relacionada a un problema familiar y que ya se lo había explicado al capitán.

El fiscal seguía argumentado que él había realizado una llamada desde los Juzgados en las horas de la mañana. También preguntó por su supuesta muerte hacía años en un accidente automovilístico. Rafael se mostró confundido, pues hasta hoy se enteraba que su difunto padre lo había dado por muerto, y reposaba en los archivos su acta de defunción. En su cabeza a punto de estallar se preguntaba cuál fue el motivo por el cual su padre lo quisiera desaparecer de la faz de la tierra.

- Luego de la audiencia se detuvo a Rafael en los calabozos de la Fiscalía y se intentó la comunicación con su esposa, pues ese número estaba fuera de servicio.

- No puede ser, desde allí realizamos llamadas todos los días. Qué clase de broma es ésta? ¿Quien esta detrás de todo esto?.

El agente hizo caso omiso a las palabras de Rafael, mientras este gritaba dentro de la celda. Al perderse de vista el agente, Rafael se refugio en un gran silencio y pensó que estaba en graves problemas. Ahora su preocupación se hacia doble, por un lado pensaba: ¿Habré matado a mi padre? O si todo esto es un plan de algún enemigo del señor Alberto, que quería involucrarme, o si es una terrible pesadilla de la cual despertaría en cualquier momento en el regazo de Sandra. Pasaron treinta minutos, cuando una voz dulce y entrecortada habló detrás de los barrotes.

- Mi amor ¿Qué pasó?.

Al levantar la mirada era Sandra.

- Mi amor ¿dónde habías estado? -Le preguntó- porque me dijeron que nuestro teléfono estaba fuera de servicio.

- No lo sé mi amor, pero ya estoy aquí para lo que necesites.

Desde la oficina se escuchó la voz del agente exclamando que dejara de hablar, porque perturbaba la tranquilidad de los demás. Rafael entre consternado y angustiado, pensó que lo que había escuchado de aquel agente hace media hora era producto de todos los enredos mentales que estaba experimentando.

- Mi amor, todo va a salir bien. Aquí te traje tus pastillas para que te sigas mejorando.

Las tomó en la mano y sacó una del frasco y con un vaso de agua que tenia sobre la rústica mesa de la celda, de un solo trago la ingirió, experimentó una gran tranquilidad. La compañía cálida de su esposa cambiaba todo.

Las indagaciones continuaron. Una de éstas sería beneficiosa para Rafael. Uno de los testigos visuales de los hechos de aquella noche, fue muy enfático en su declaración.

- Yo no se quién es ese hombre. No lo conozco pero no diré mentiras. Cuando vi a este hombre rondando la casa del señor Alberto, quise llamar a la policía, pero me arrepentí. Seguí observando a ese hombre cuando llegó el señor Alberto. Parecían discutir, pero de pronto el hombre se alejó doblando la esquina y el señor entró a su casa. Cuando se oyó el primer grito de dolor y llamé a la policía, no habían transcurrido ocho segundos. Entonces, el señor era un superhéroe o le pagó a alguien que lo estaba esperando dentro de la casa.

El resto de las declaraciones parecían coincidir y aunque Rafael seguía siendo el principal sospechoso, no habían evidencias contundentes para dejarlo preso. Se le otorgó libertad condicional, pero no podía salir de la ciudad y debería acudir a las audiencias cada vez que la Fiscalía lo considerara necesario.

La noticia llegó a la celda de Rafael, cosa que en vez de colmarlo de alegría le generaba preocupación. Para él, todo lo que había sucedido en esos dos días no tenia explicación. La ilusión de que su padre lo perdonara se había esfumado. Ya no existía, pero sabía que debía aclarar todo, pues su nombre había quedado en entredicho.

Cuando se le entregó la orden de salida, su esposa lo esperaba en la puerta de la Fiscalía. En ese momento tuvo la idea de que su esposa no era la que estaba allí esperándolo, sólo lo comprobó

Guillermo José Dáger Pérez.

acercándose a ella. Caminaron hasta la Avenida Santander y tomaron un transporte que los llevó hasta su casa en Manga.

En el otro extremo de la ciudad, el Capitán Martínez continuaba pensando en el asesinato. Aunque creía que Rafael no lo había ejecutado, la pregunta saltaba a la vista

¿Quién pudo haberlo hecho?

El Teniente Moreno se acercó al capitán para informarle que el testamento que el abogado había nombrado no existía: no se había notificado ante ningún Notario y en toda la casa no se encontraba. Con preocupación, el Capitán señaló que el próximo objetivo era el abogado de muchos años del señor Alberto, no como sospechoso directo, pero sí para indagarle.

El teniente explicó que en la casa del señor Monterrosa se habían encontrado algunas fotografías que podían servir como evidencias. Las sacó de su bolsa y las entregó, agregando que sólo tenían las huellas del señor Monterrosa. En la fotografía se encontraba el señor Alberto, una mujer y dos niños, cosa que intrigó a Martínez. Según las versiones conocidas, el señor Monterrosa sólo tenía un hijo y en la fotografía se hallaba una mujer, que no era el ama de llaves, a quien él había interrogado el día del asesinato. Deberían ahora, identificar a estas personas y saber que vínculos tenían con el señor Monterrosa.

En la casa, Rafael estaba sentado en una mecedora, en la alcoba principal y pensó en un nombre que le parecía conocido. Pero no recordaba a quién se refería: Carlos Ganem. Al pensar en ese nombre sentía angustia y desesperación, que lograban ponerlo a sudar. Se levantó de la mecedora y caminó hacia el baño. Era tanta la desesperación que tenía que hacer algo.

En ese momento comenzó a recordar la imagen de un hombre de edad, pelo cano y escaso, de voz fuerte. Sintió terror, recordaba una carretera entre neblinas donde la única voz que se escuchaba era la de él gritando y llorando de dolor y terror, intentando salir por la ventana del auto y luego un choque fatal. Reaccionó, se tomó la cabeza con las dos manos. No sabía cómo habían llegado a su mente esos recuerdos que para él eran extraños. Lo único que tenía claro era que aquel nombre que había recordado coincidía con la figura de aquel anciano.

Se estaba sintiendo muy mal. La angustia había aumentado a pesar de haber ingerido el medicamento. La conclusión era que debía ir a donde González de nuevo, para conocer qué opinión tenía él de esta situación. Las imágenes se repetían en su mente, pero esta vez pudo reconocer la figura de la persona que conducía el automóvil. Era su padre Alberto, y pensó que lo del accidente era cierto. Pero por qué su padre no lo recordaba bien si el estaba allí ese día, y lo peor, por qué su padre siempre insistía en su culpabilidad por la muerte de su madre.

Intentó dormirse, pero no pudo. Toda la noche soñó con el accidente y se levantó sudado. Su esposa no se percataba de lo más mínimo. Escuchaba la voz de una mujer de edad que siempre le hablaba y que parecía provenir de otra habitación donde estaban sus hijos; aquella voz le decía:

- Deja de moverte, ese catre hace mucho ruido y no puedo dormir.

Él se levantó sobresaltado, más se tranquilizaría diciéndose a sí mismo que era un sueño. Estaba seguro de una cosa que al aparecer el alba iría adonde González, pues lo necesitaba de manera urgente.

El capitán Martínez con la foto en la mano, llegó a la casa del ama de llaves. Le mostró la foto para esclarecer quienes eran las personas en la fotografía.

- Puedo ayudarlo poco señor Martínez. Cuando llegué a la vida de Don Alberto este ya había sufrido la tragedia de su familia.

Martínez hizo un gesto de preocupación:

- De pronto pueda ayudar, algo que el señor le haya contado.

Al tomar la fotografía la mujer pudo dar datos algo certeros.

- La persona al lado de Don Alberto es su esposa Sandra. Lo sé porque la he visto en fotos que don Alberto me mostró. Este niño a la derecha es su hijo Rafael, quien murió con su madre en el accidente de tránsito y el otro niño a la izquierda no sé quién es.

Martínez no tardó en señalar a la persona en el fondo de la fotografía e interrogar quien era.

- No conozco el rostro de esa mujer. Pero debe ser la anterior ama de llaves de la familia. Él me hablaba muy poco de esta persona, pero supongo que debe ser ella.

Martínez agregó, que existía la posibilidad que ese otro niño fuese también hijo de Don Alberto.

- No creo, Don Alberto jamás negaría a un hijo.

El Capitán Martínez le dijo que tendría una reunión con el abogado personal de Don Alberto. Le preguntó si lo conocía, y la señora ama de llaves contestó que pocas veces lo había visto, pero que era un hombre muy callado y reservado.

El Capitán Martínez se dirigía a Monteardila para cumplir con la entrevista prevista con el abogado. Su mente daba muchas vueltas. Entre más se adentraba en el caso más confuso parecía ser y su curiosidad judicial le había dado paso a su curiosidad humana de saber a donde llegaría esa historia.

Al llegar, se saludó con el abogado y tuvo la misma impresión del ama de llaves: que era un hombre introvertido. Charlaron unos cuantos minutos hasta que Martínez comenzó su interrogatorio preguntando qué clase de relación tenia con el señor Alberto.

Este rigurosamente explicó sus vínculos con Don Alberto. Él era hacía mucho tiempo su abogado y confidente: su abuelo había sido el abogado de Don Alberto desde sus inicios empresariales.

Martínez enseguida replicó que eso quería decir que él había conocido a su hijo y esposa.

- No señor – contestó - yo estuve fuera del país estudiando toda la carrera. Mi abuelo si los conoció.

El Capitán saltó inmediatamente para decirle que si podían contactar a su abuelo para que les contara. El hombre negó con la cabeza y explicó que él ya había muerto y que lo poco que conocía de la familia lo sabía de boca de Don Alberto.

- ¿Podría compartir eso conmigo?

Él asintió con la cabeza, asegurando que no tenía nada que ocultar, cosa que le pareció extraña a Martínez. Hasta ese momento no había insinuado nada del caso de Don Alberto Monterrosa.

- Don Alberto era casado con doña Sandra Ardila. Tuvieron un hijo. Rafael Monterrosa Ardila.

Relató poco, pero contó lo trágico de sus vidas y que éstas se habían segado en el horrible accidente en la carretera de la cordialidad rumbo a Barranquilla. El rostro de Martínez cambió de expresión: el destino que llevaba la familia hacia Barranquilla podía ser una dato importante.

- ¿A dónde se dirigían?

El abogado afirmó que no lo sabía en realidad y lo más probable es que fueran de paseo. Martínez le explicó que había conversado con una persona que decía ser el hijo de Don Alberto y que éste le había dicho que su padre lo culpaba por la muerte de su madre. Entonces debía ser culpable de aquel accidente fatal.

- No se que tanto le dijo ese hombre. Por lo demás siempre me intrigó el hecho de que ese hombre dijera ser hijo de Don Alberto. Él siempre lo negó y yo le creo. Él nunca me dijo a mí que su hijo era culpable de algo.

A cada minuto que pasaba, esa conversación se volvía más estéril. El abogado no le aportaba ninguna información valiosa. Por eso desvió la conversación a los asuntos legales del señor Monterrosa.

Esto si motivó al abogado, quien sin dilación empezó a hablar y esbozó su gran preocupación por lo que pudo pasar con su amigo y cliente. Al menos eso fue lo que trató de demostrar.

Se detuvo a hablar sobre las escrituras: estas tenían cláusulas específicas que fueron modificadas de las originales cuando su familia murió. Como no tenía herederos, él consideraba que todos sus socios, quienes eran las personas que habían trabajado con él para sacar adelante la empresa, debían repartirse las acciones por partes iguales al momento de su muerte. Pero que el tiempo fue haciéndole cambiar de opinión. Había tenido muchos problemas con ellos, y con uno en especial, que censuraba mucho la forma como dirigía la Junta Directiva. Su apreciación era que este socio quería bajarlo de la dirección a como diera lugar, estos incidentes motivaron a Don Alberto a cambiar de opinión y me preguntó cómo podía modificar esa cláusula. Le dije que podía hacerlo con un testamento que refrendaría la cláusula. La noche de su asesinato él se disponía a ajustar lo que faltaba de su testamento, porque creo que ya lo había comenzado.

Martínez pregunto que si él sabía a quién le pensaba dejar sus acciones en el testamento.

El abogado vaciló. Luego de pensarlo mucho le contestó que él donaría toda su herencia a un centro de cuidado de adultos de la tercera edad de la ciudad. No quería que nadie a su alrededor disfrutara de esa fortuna. Martínez pudo percibir de inmediato que le mentía, pues su voz cambió de tonalidad, y para un investigador tan experimentando como él, eso no pasaba inadvertido.

Al amanecer, Rafael se levantó y entró rápidamente a la ducha. Se vistió y se dirigió al consultorio del Dr. González. Tuvo que esperar un largo turno, pues al no tener cita apartada debió ser el último. Sentado en el consultorio, leyó revistas que explicaban cómo los trastornos mentales, con un excelente manejo medicamentos, mejoraban ostensiblemente. Pero, a la altura de su estado de salud mental, le preocupaba. Finalmente, después de varias horas de espera pudo seguir. González de inmediato percibió que su paciente se encontraba ansioso aun más de lo que había estado la última tarde que lo atendió. Después de una conversación de quince minutos, donde Rafael trató de explicar que había empeorado y González tomaba los datos de los síntomas nuevos que padecía, - Rafael volteó hacia la pared que tenía en frente de él en donde se exhibían con claridad los diplomas que refrendaban a González - y pudo leer uno muy particular. Su corazón se agitó al punto de quererse salir del pecho. No podía creer lo que había leído. El nombre de Carlos Ganem. Miró hacia abajo y luego hacia el diploma nuevamente. Su cara expresaba tanto asombro que González le preguntó qué veía con tanta insistencia.

Rafael se levantó y caminó hacía el diploma.

- ¿Quién es Carlos Ganem? – preguntó con voz entrecortada.

González con expresión tranquilizadora contestó a su pregunta.

- Carlos fue mi profesor y este era su consultorio. Cuando él se retiró yo lo heredé.

De todas formas, la expresión de Rafael era extraña. A lo que González replicó:

¿Por qué tanto afán con el nombre? ¿Hay algo que te preocupa?

Rafael dudó varios minutos.

- Sí, he estado repitiendo ese nombre en mi mente en las últimas veinticuatro horas. No sé de dónde lo conozco realmente.

González se sorprendió, pero no le dio importancia. Carlos Ganem era un hombre muy conocido en el medio y tal vez Rafael escuchó hablar de él en algún lado. Este le refutó que el único médico psiquiatra que conocía era a él, González.

González cortó el tema, explicando que se debería aumentar las dosis de la droga y si persistía, que debía agregar otro medicamento. Para entonces González pensó que los trastornos de su amigo parecían ser una esquizofrenia y lo más probable, tendría que hospitalizarle para manejarlo: el problema del asesinato de su padre era el desencadenante que no lo dejaba mejorar.

Al salir del consultorio, Rafael se encontraba preocupado, no tanto por la idea del aumento de la dosis del tratamiento como de dónde conocía a Ganem. Qué significaba y por qué este problema se complicaba cada vez más.

Mientras tanto, en el piso tres del edificio Popular, la Junta se volvió a reunir para discutir los pormenores de la situación del testamento de Don Alberto. Uno de los socios se pronunció:

- Pero, ¿cómo vamos a permitir que Alberto le deje sus acciones a un centro donde cuidan ancianos, después de que hemos luchado tanto por esta empresa? Si no tiene herederos, que eso nos quede a nosotros.

Pero el abogado Emiro insistía.

- Quizás eso no era lo justo para el señor Alberto, y si él quería que esas acciones pasaran a manos de ese centro su último deseo se debería cumplir.

Pero los ánimos se caldearon cuando uno de la Junta se levantó y enérgicamente le increpó.

- Pero ¿qué pasa abogado? ¿Es que usted tiene algún interés en todo esto, o acaso le interesa lo que ha dejado el señor Alberto?

- Les recuerdo señores – afirmó -, que mi único interés es que lo que deseaba el señor Alberto se cumpla a cabalidad, y además, estoy bajo la ley. Si ese testamento no existe se hará como dice la cláusula.

La discusión se prolongó más de lo previsto. Los alegatos no se hacían esperar y estaba claro que ninguno de los diez socios estaba de acuerdo de que pasaran las acciones al centro de ancianos.

Mientras que el abogado Emiro defendía su punto de vista, dudaba de los de la Junta, así como los de la Junta dudaban de él.

Cuando Rafael caminaba por los Juzgados fue interceptado por una persona.

- Señor Rafael ¡es usted¡

- Sí, soy yo, señor ¿qué se le ofrece?

- Mire Rafael, soy el doctor Emiro, abogado de Don Alberto Monterrosa. Déjeme invitarlo a tomar algo. Debo hablar con usted de inmediato.

Rafael, aunque desconfiado, no tuvo otra alternativa que aceptar la petición del abogado.

Sentados en la cafetería, el motivo de tan elegante invitación no se hizo esperar.

- Señor Rafael, seré breve. Le pregunto: ¿Es usted de verdad hijo de mi cliente?

Rafael contestó con voz enérgica

- ¿Esto era lo que quería hablar? Estoy cansado de esto. Sé que no lo creerá. Mi padre nunca le habló sobre mi existencia, pero es cierto lo que le digo.

El abogado explicó claramente que debía decirlo. Su respuesta, o de la verdad, dependía el futuro de los bienes de su cliente. Le refirió con lujos y detalles lo del testamento y la cláusula que hacía que todo quedara a nombre de la Junta de Socios.

- Señor Rafael, si los deseos de mi cliente cambiaron con el tiempo quiere decir que no confiaba ni eran de su agrado esos socios y que estaba seguro de que preferiría que fuera cualquier otra persona que se quedara con sus bienes menos ellos.

Rafael se sorprendió. ¿Qué era lo que quería el abogado? ¿Por qué le interesaba tanto el tema de la herencia? Para él, esta actitud lo hacía sospechoso del asesinato de su padre.

- No se preocupe señor Rafael, mis honorarios están tasados ya. Mi interés no es otro diferente a que se cumpla la última voluntad de mi cliente.

Rafael contestó que accedería. Pero ¿cómo comprobaría que él era el único y verdadero hijo de Don Alberto y por lo tanto su heredero?.

Amigo con una prueba de ADN – respondió el abogado - con una sola prueba de ADN todo se esclarecerá.

Rafael pidió que por favor dejara consultar con su esposa. No estaba convencido del todo, si eso era lo correcto

El abogado accedió. Pero al salir de la cafetería, miró de pies a cabezas a Rafael y exclamó.

- ¡Este hombre está loco de remate!.

Mientras el Capitán se encargaba de otros casos, sonó su celular personal. Era el teniente Harold Erbot, quien comunicaba algo importante.

- Capitán, debe venir inmediatamente a casa de Don Alberto Monterrosa, se nos han metido al cuarto.

Sin vacilar, el Capitán agarró el revólver que tenía sobre el escritorio y su kepis, Grande fue su impresión al ver cómo habían violentado la casa del señor Monterrosa.

- Pero, ¿qué sucedió aquí, teniente?

- Capitán, parece que en la noche violentaron la cerradura y entraron. Todo está revuelto, como si buscaran algo. Mis hombres no han entrado para no ensuciar la escena.

El Capitán, con sumo cuidado, recorrió toda la casa. ¡Cuán estúpida había sido la persona que irrumpió en la casa! Había dejado en claro que algo buscaba y que más podría ser sino el testamento de Don Alberto.

- Teniente, hagamos un cordón de seguridad. Hay que ir tras la pista de quien hizo esto. Quiero vigilancia las veinticuatro horas en la casa. Quien asesino al señor Monterrosa regresará y quiero atraparlo.

Al volver a la estación se encontró con el abogado Emiro

- Abogado, ¡que sorpresa!.

- ¿Por qué se sorprende, Capitán? Quedamos en hablar para ver qué pasó con el testamento.

Se miraron fijamente. Era obvio que el Capitán, a estas alturas de la investigación, estando en juego cosas tan importantes, desconfiara hasta de él mismo.

- Señor Emiro, he de contarle que alguien ingresó en la casa de su cliente y destruyó todo.

Emiro mostró cara de preocupación. Para él también era muy claro que aquella persona estaba buscando el testamento para destruirlo. Sus sospechosos número uno eran los diez de la Junta de Socios

- Tiene, Capitán, algún indicio de quién pudo haber sido.

- No, abogado, pero no descansaré hasta saberlo.

El teléfono volvió a sonar. El Capitán contestó. Habló unos minutos y luego, dirigiéndose al abogado, le dijo:

- Abogado, debo retirarme. Yo lo llamaré.

Se estrecharon la mano. El Capitán regresó a la casa de Don Alberto.

- ¿Qué sucede teniente? ¿Qué fue lo que encontraron?

El teniente mostró un baúl que se encontraba en el ático del la casa. Explicó que los que entraron a la casa lo forzaron y buscaron por todas partes y que al parecer no encontraron nada y que ellos habían descubierto un doble fondo en el baúl donde estaban muchos documentos y un álbum de fotografías.

- Llévelos a la estación. Serán revisados bajo mi supervisión.

Al llegar a la Estación todo giró alrededor del baúl. Se encontraron documentos de la casa en Bocagrande y de las escrituras de la empresa, como otros títulos valores. Pero no había rastro alguno del testamento. El Capitán estaba por creer que ese testamento no existía. Luego observó el álbum.

Rafael llegó temprano a su casa, como últimamente había sido costumbre. Recordó que su psiquiatra había hecho énfasis en que debía aumentar el tratamiento. Esa noche se tomaría dos tabletas de Risperdal de dos miligramos. Antes de acostarse, pasó revista al cuarto de sus hijos. Todo estaba en orden, por lo que se acostó al lado de su esposa un poco tranquilo.

Se levantó temprano cuando sonó el despertador. Su esposa ya no estaba en la casa. Se levantó angustiado como ya era costumbre. Al salir del cuarto su rostro palideció. Allí estaba aquella mujer que lo acosaba.

- Te he estado observando Manuel. Has estado entrando al cuarto desocupado de la esquina y simulas que te bañas. Ya hueles feo. Tienes una semana que no te aseas. Te pones esos trajes tan dañados.

- ¿Quién es usted? gritó desesperado. Esta situación ya no es graciosa. Dígame ¿quién la envía?

- No me reconoces Manuel. Ya has dejado de llamarme Sandra, y a esos perros como tus hijos. ¿Acaso mejoras, hijo?.

Rafael explotó en angustia dando gritos y llorando. Le rogaba a la mujer que lo dejaran en paz. La mujer corrió a abrazarlo y a llorar con él. Lo llevó a la cama y se acostó a su lado.

El calor del medio día lo despertó. A su lado no reposaba nadie. Buscó por toda la casa sin hallar rastro alguno de aquella mujer ni su esposa ni sus hijos. Se bañó y vistió rápidamente para dirigirse a los Juzgados. Esa tarde tendría una cita importante.

Al llegar se encontró en la puerta con el Capitán.

- Capitán, discúlpeme, no estoy de humor.

- Lo siento Rafael, pero debo preguntarle algo.

- Sea breve. Estoy de afán.

Le narró los pormenores del día anterior en la casa del señor Alberto y fue claro en señalarlo: después de todo él continuaba siendo el principal sospechoso del asesinato.

- Mire, Capitán, no me he acercado a la casa de mi padre. Me encuentro muy perturbado. Si viene a arrestarme, hágalo ya.

El Capitán se sorprendió, El tono de Rafael no era nada amigable. Incluso, desafiante, y su aspecto era desaliñado. Intuyó que algo le sucedía, por lo que se despidió muy amablemente y dio media vuelta alejándose por el pasillo.

Rafael entraba a los Juzgados cuando escuchó una voz.

- Oye, Rafael, sabes que para allá no puedes seguir.

Al volverse, era el vigilante.

- Perdón, ¿qué dijo?.

- Ya sabes que te permito el ingreso con tal de que no me causes problemas. Si subes a los Juzgados yo estaré en problemas.

- Pero, si yo trabajo aquí. ¿De qué hablas?.

Entraron en un juego de palabras. Rafael estaba muy alterado. No entendía en lo absoluto lo que sucedía. Perdió nuevamente el contexto de sus actos y la emprendió contra el vigilante a golpes. La policía se hizo presente y lo detuvo.

Mientras el Capitán revisaba con detenimiento el álbum, encontró fotos de la familia, los padres de Don Alberto y otros familiares cuando era joven. Supuso que aquella foto que habían encontrado el día del asesinato debía pertenecer a aquel álbum.

Miraba con detenimiento las fotos: los dos niños casi de la misma edad y aquella mujer misteriosa. No sabía con exactitud, pero algo turbio había en esa mujer y Rafael. Un agente se acercó.

- Señor, perdone que le interrumpa. Pero allá afuera está una mujer que dice ser la madre de Manuel. No recuerdo el apellido. Dice que usted lo tiene detenido aquí. Yo le he explicado ya que aquí no se encuentra detenido nadie con ese nombre y esa descripción.

- ¿Qué tengo yo que ver con eso?

- Ella quiere hablarle.

Cuando la mujer entró a la oficina tuvo la sensación que la conocía.

Conversaron cinco minutos, el Capitán detalló que no conocía a la persona que ella describía. Por más que insistía no lo recordaba.

La mujer solicitó que buscara a alguien con las características de su hijo en otras estaciones. El Capitán explicó que de eso se encargaría el agente que estaba en la recepción. Por último agregó:

- No recuerdo a su hijo, pero usted me es conocida

- No sé Capitán, tal vez nos hemos visto en algún lugar

La mujer dio media vuelta y salió. El Capitán bajó la mirada al álbum y tuvo una espeluznante sensación. La mujer misteriosa del fondo en la foto se parecía a esta mujer en su juventud. Rápidamente corrió a la recepción, pero ya no estaba.

- Agente Molano. ¿La mujer donde está?

- Capitán, ya salió

- ¿Le dejó alguna forma de comunicarse con ella? ¿Una dirección, un número telefónico?

- No mi Capitán, lo siento

El Capitán regresó a su oficina y comenzó a llamar a todas las estaciones, centros de atención inmediata de la Policía en la ciudad, pero no encontró a ninguna persona que respondiera al nombre que la mujer había dicho. Pero en la estación número 1 de Chambacú se encontraba un hombre que había sido encerrado por alboroto en los Juzgados, con una descripción de loco, por lo que no prestó mucha atención.

Cuando volvió a sentarse tuvo una idea "los Juzgados" y se dio cuenta de que allí trabajaba Rafael. Decidió ir a la estación en busca de él.

Al llegar, sus sospechas se hicieron ciertas. El hombre encerrado era Rafael, con un aspecto deplorable y mirada de enajenado. Se acercó y ordenó que lo dejaran salir para hablar con él.

- Rafael, ¿ahora qué pasó?

- Capitán, no lo sé. Me dirigía a trabajar después de que usted me dejó esta tarde, pero no me dejaban entrar. Yo no entiendo qué sucede. Todos están mi contra. Alguien me juega una broma.

- Bueno, Rafael, te voy a ayudar, pero déjate.

Explicó con detalles a Rafael sobre la mujer que le había visitado en la estación preguntando por él. Rafael se sorprendió y miró con miedo al Capitán.

- ¿Qué le pasa Rafael? Parece que hubiese visto un fantasma.

- .Algo así, Capitán. Ultimamente he estado encontrando en mi casa a una mujer con una descripción parecida a la que usted dice. Pero yo no la conozco.

Comenzó a referirle las veces y en qué circunstancias la había visto. Le comentó que sentía temor y que no había dicho nada por miedo a que pensaran que de veras había enloquecido. Pero con esta evidencia, sabía que esa mujer sí existía y que lo estaba persiguiendo.

- Lo siento, Rafael, ordenaré a unos agentes para que vigilen tu casa, pero no te metas más en problemas. Vete a casa.

Una vez más estaba en libertad y se dirigía a su casa en su auto, muy cansado y desesperado. Ahora tenía la certeza de que la persona que mató a su padre estaba relacionada con aquella mujer misteriosa.

Al día siguiente, en el tercer piso del edificio Popular, se reunía la Junta Administrativa de la empresa. Después de resolver varios puntos, Emiro se levantó.

- Señores, ayer en la tarde se acercó a mi oficina un hombre que se dice llamar Rafael Monterrosa. Afirma ser hijo del señor Monterrosa, y, por lo tanto, su único heredero.

Dos de los socios, airados, se colocaron de pie

- Pero, ¿qué dice Emiro? Acaso cree que somos tontos? Ese hombre del que habla lo conocemos perfectamente y Alberto siempre lo negó.

Emiro explicó con claridad que de todas formas aquel hombre exigió que se realizara una prueba de ADN y a eso tenia derecho.

- ¿Qué dices? Como ya sabes que no apareció el testamento esta es otra treta tuya para evitar que se haga justicia y las acciones pasen a nuestro nombre.

Agrego otro.

- Como nos damos cuenta, has decidido declararnos la guerra. Pues aceptamos tu guerra. Iremos hasta las últimas consecuencias.

Emiro decidió que debía ser cauteloso, pero que también iría hasta las últimas consecuencias para cumplir con la voluntad de su cliente y amigo.

Se dispuso a ir al Juzgado a encontrarse con Rafael. Al preguntar por Rafael el portero contestó que no lo conocía y que no había visto nunca a un hombre con esa descripción. Emiro le parecía extraña y descabellada la opinión del portero sobre Rafael. No era tan buena, y nada de extraño tenía que mintiera, pero cual seria su interés para engañarlo. Ahora solo tenía que esperar que él se comunicara para poder hablarle.

Mientras, Rafael en su casa no quería salir por temor. No quería comer y la noche anterior no pudo dormir bien a pesar de que se tomó el medicamento. Así pasó todo el día, y al caer la noche se quedó dormido en el sofá. Cuando escuchó un ruido se asomó por la ventana y vio a dos hombres paseándose frente a la casa y señalando. Rápidamente agarró el teléfono y marcó el número del Capitán Martínez. Este contestó en la otra línea.

- A la orden, habla el Capitán Martínez

- Capitán, soy yo, Rafael. Recuerda lo que le comenté. Hay dos hombres en los alrededores de mi casa y mi esposa e hijos no tardan en llegar. Temo lo peor. Alguien nos persigue.

- Tranquilo Rafael, enseguida envío una patrulla para allá. No salgas de la casa.

Pasaron cinco minutos cuando a lo lejos se oyó el ulular de la sirena de la patrulla policíaca. Rafael había hecho caso a las recomendaciones del Capitán. No había salido ni había dado señas de que sabía de los hombres.

Se oyó un toque en la puerta y un grito.

- Rafael Monterrosa, somos la policía, abra

Rafael se asomó por la ventana para verificar que en realidad fuese la policía y pudo ver a los dos agentes en la entrada. Accedió a abrir.

Los policías requisaron toda la casa y sus alrededores sin pistas siquiera de que alguien hubiese estado allí. Incluso entrevistaron e interrogaron a algunos vecinos sin datos positivos. Los policías se fueron, a pesar de que Rafael insistió. Pero luego llegó un agente de la policía que se quedaría toda la noche vigilando. A Rafael le preocupaba que su esposa no regresaba, pero, vencido por el sueño, se durmió nuevamente en el sofá.

Se levantó temprano. Al asomarse a los cuartos no vio a su esposa ni a sus hijos. Algo muy extraño. Levanto el teléfono, pero no funcionaba, salió a llamar a la calle. Llamó nuevamente al Capitán Martínez, más desesperado que la noche anterior. Su familia había desaparecido y temía que aquellos hombres de anoche la hubiesen secuestrado.

- Rafael, no se puede declarar como desaparecida a una persona si no tiene veinticuatro horas. Porqué mejor no llamas a la casa de su madre. Quizás este allá.

Rafael seguía muy desesperado. Angustiado, trató de buscar el teléfono de su suegra pero no lo encontraba. Así que se dirigió a la casa en el barrio España.

Rápidamente, llegó a la casa de su suegra. Pero todo seguiría empeorando. Al llegar, encontró una casa en ruinas, como si nadie la hubiese habitado en años. Destruida, sin techo, sin puertas y sin muebles. La revisó hasta el último rincón, mientras repasaba en su mente los recuerdos de aquella casa. A ver si se había equivocado de lugar. Pero esos recuerdos coincidían con la casa actual en ruinas.

Sentado en el pretil del frente, pensando en lo que le sucedía, decidió ir a la casa del frente para preguntar por su familia política.

No encontró respuesta alguna. Todos le decían que una familia con esa descripción nunca vivió en esa casa que además estaba deshabitada hacía muchos años. Entonces, ¿qué pasó? ¿Era acaso la dirección equivocada? De pronto, recordó que podría estar en Cartagena Autos, la empresa donde trabajaba. Al llegar a la esquina, llamó desde un teléfono público ubicado en la acera y respondió la contestadora. Marcó al celular, pero timbró hasta llegar a correo de voz. Dejó un mensaje: "Amor, si logras escuchar, llámame por favor. Perdóname si me equivoqué y te ofendí en algo. Te amo, Rafael".

Recordó que debía reunirse con el abogado. Sin dilación, tomó su auto y se dirigió al Juzgado.

Se sentía muy temeroso por el incidente del día anterior. Sus nervios estaban en el filo de una navaja, pero se encontró con el abogado en la puerta. El abogado lo observó de pies a cabeza.

- ¿Le pasa algo señor Rafael?

Respondió con la cabeza que no, pero luego corrigió:

- Bueno, la verdad es que estoy preocupado por mi familia. Más es algo sin mucha trascendencia

Emiro seguía asombrado, pero debía hablar con él inmediatamente.

- Rafael, la situación es delicada. Obviamente, como lo esperaba, los diez de la Junta no están de acuerdo y debemos hacer un estudio de ADN para comprobar la paternidad del señor Alberto.

Rafael escuchó detenidamente, y sin vacilar, accedió a la prueba. Estaba completamente convencido de lo que decía y sabia que la prueba saldría positiva.

Emiro se dirigió a su casa después de charlar por más de dos horas con Rafael. En el trayecto iba pensativo. Le continuaba dando vueltas en la cabeza la apariencia tan deplorable en que encontró a Rafael. Claro que él no sabía que Rafael estaba bajo un tratamiento psiquiátrico por una patología mental. Mientras tanto, en la oficina, el Capitán Martínez continuaba revisando el álbum de fotografías. De pronto se topó con una tarjeta que decía textualmente: "Carlos Ganen, médico psiquiatra" Debajo estaba la dirección: Edificio Concasa piso nueve.

El Capitán no le prestó en el momento la atención que debiese. No encontraba relación con el crimen en investigación. Casi enseguida recibió la llamada de la Fiscalía para informarle.

- Capitán, por favor, hágale llegar la citación al señor Rafael Monterrosa para el día diecinueve de marzo del año en curso.

Se debían presentar todas las evidencias posibles para esclarecer el crimen de Don Alberto Monterrosa.

Cuando ya salía de la oficina, se encontró en la puerta con Rafael.

- ¿Qué sucede?

- Capitán, no encuentro a mi familia.

- Rafael, entra y hablemos.

Rafael contó con lujos de detalles sobre la desaparición de su familia y cuándo los había visto por última vez.

El Capitán inmediatamente armaría un operativo de búsqueda. Lo primero sería reportar a todas las estaciones de respuesta inmediata. La descripción de los desparecidos y sus nombres. También que se buscara en los bancos de datos de la Policía para verificar los datos. Además, le pidió a Rafael que buscara en su casa algunas fotografías recientes de su familia.

Rafael salió de la estación, mientras el Capitán pasaría toda la noche encargado y apersonado de la situación de la desaparición o posible secuestro de la familia de Rafael Monterrosa.

Al llegar a la casa, Rafael entró a su cuarto e inmediatamente tomó los álbumes. Su rostro palideció cuando se dio cuenta que los álbumes estaban vacíos. Revisó una por una las páginas sin encontrar rastro alguno de las fotos que recordaba de su vida familiar. Se sobresaltó al escuchar una voz detrás de él.

- ¿Qué pasa, Manuel? ¿por qué te exaltas?

- ¿Quién es usted, maldita sea?

Era aquella mujer que lo atormentaba. Su imagen se hacia más nítida.

- ¿Tú tienes a mi familia, cierto? ¿Dónde la tienes? Dime o te mato aquí mismo.

- Tranquilo Manuel, no te alteres. Tú nunca has tenido hijos ni esposa. Soy tu única familia.

Rafael se alteró aún más, mientras se encaminaba hacia ella con los ojos llenos de furia. La mujer corrió por toda la casa pidiendo auxilio.

- ¡Ayúdenme, por favor ¡

- ¿Vas a llamar a los que te pagan por hacerme esto? Tú me diste aquellas medicinas. Tú me has enloquecido. ¿Qué quieres de mi, dime?.

La persiguió por algunos minutos y luego salió a la calle. Muchas personas se arremolinaron a mirar lo que sucedía, mientras la mujer suplicaba que no llamaran a la policía, pues se llevarían a su hijo preso.

- No digas eso, maldita. Tú no eres nada mío, y sí, llamen a la Policía. Esta mujer tiene secuestrada a mi familia.

Las personas que observaban el episodio detuvieron a Rafael cuando se abalanzaba contra ella.

- Suéltenme, por favor. Llamen a la Policía.

Rafael gritaba como un demente sin que le prestaran atención, mientras la mujer se perdía en la calle. Minutos después llegó la Policía, porque al fin algún vecino cansado de tanto escándalo llamó. Rafael exigió que llamaran al Capitán Martínez.

La Policía lo condujo a la estación donde el Capitán, quien trató de calmar los ánimos de Rafael, le pidió los datos y que le describiera la apariencia de la mujer. Inmediatamente irían tras ella para aclarar la situación. También le preguntó por las fotos que le había pedido. Rafael le explicó lo que había encontrado.

- Si lo que has dicho es cierto Rafael – dijo el Capitán -, la situación no es fácil. Detrás de todo esto deben estar personas muy poderosas que pueden manipular las cosas de esta manera. Conoces a alguien que te haría esto, que te haya amenazado a ti o a tu familia.

Rafael no recordaba nada. Ningún acontecimiento, ni siquiera algo relacionado con su oficio de abogado. Le contó al Capitán que lo habían estado drogando y que había acudido al psiquiatra pensando que aquella situación sólo existía en su mente.

Emiro se encontraba en su casa cuando sonó el teléfono. Era uno de los socios de los diez de la Junta de Socios de Monteardila. Luego de varias cosas que tenía que comentar, dijo:

- Emiro, nos hemos vuelto a reunir y acordamos unánimemente que no aceptaremos que hagas lo que planeas. Llegaremos hasta las últimas consecuencias para detenerte a ti y a tus secuaces.

- ¿Es acaso esto una amenaza?

- Tómalo como quieras, abogado de pacotilla.

Colgó el teléfono. Emiro se preocupó, pues las cosas se complicaban. Aún no estaba tan convencido de lo que Rafael decía. ¿Qué tal si no era realmente el hijo de don Alberto Monterrosa? Llamó por celular al capitán Martínez para insistir en el testamento. Pero Martínez le informó que no había sido encontrado y que hasta ahora no existían pistas de dónde podía estar.

El paso a seguir era que se instaurara un proceso legal para reclamar la paternidad de Rafael Monterrosa, para luego ir a pelear la herencia.

Una vez amaneció se dirigió a los Juzgados para instaurar legalmente un derecho para solicitar el examen genético de ADN y así verificar la paternidad de Alberto Monterrosa. Exigiría, además, la exhumación del cadáver de Don Alberto.

Rafael al llegar a su casa, igual que la noche anterior, debió tomar más pastillas para dormir. Su estado era crítico. La desesperación por la perdida de su familia era devastadora.

Toda la noche estuvo con pesadillas, como que encontraban a su familia muerta o torturada. Soñaba también con la mujer que lo atormentaba. Soñaba con el abogado. No confiaba en que sus intenciones fueran tan altruistas.

Por la mañana, la soledad de la cama y el sol en la ventana despertó a Rafael un poco más relajado. Se duchó rápidamente. Cuando se iba afeitar, tuvo un recuerdo. Nuevamente pensaba en el accidente de tránsito que no podía recordar del todo. Sólo gritos por todas partes. Salió rápido del baño. Se vistió para dirigirse a la estación de Policía para ver cómo iba el caso.

Cuando se dirigió a la puerta, sintió un ardor en sus pies. Al mirarse, se dio cuenta que sus pies estaban magullados y con vejigas por todos lados como si pasara caminando en el pavimento sin zapatos. Continúo caminando. Debía llegar de inmediato a la estación.

Encontró al Capitán un poco preocupado.

- Capitán, espero que me tenga buenas noticias, estoy desesperado.

El Capitán le entregó la citación del juicio que se realizaría en diez días. Rafael hizo un gesto como que eso no le preocupaba.

- Ahora, no hay nada más importante que mi familia, Capitán.

Este volteó al computador y mostró a Rafael que se habían encontrado en la base de datos cinco mujeres en Cartagena con ese nombre y apellido y que inmediatamente se dirigirían a las direcciones expuestas en la base para verificar e interrogar a los familiares.

- Capitán, ¿puedo ir con usted?

- No, Rafael, es mejor que te quedes. Descansa. Te ves agotado.

Le preguntó si él estaba seguro que residía en el barrio España, a lo que asintió con la cabeza.

En la soledad de la oficina El Capitán se ensimismó en sus pensamientos y comenzó a asociar en su mente lo que Rafael le había dicho del psiquiatra y la tarjeta que había encontrado en el álbum. No sabía por qué, pero alguna relación tenían esas dos cosas. Posterior a la entrevista, iría también a visitar al médico Ganen a su consultorio.

Al llegar al barrio España, la patrulla se dirigió a la casa que aparecía en la dirección. Al tocar la puerta apareció una mujer como de unos sesenta años.

- Disculpe señora, es usted la mamá de Sandra Arrieta.

- Sí señor, dígame, ¿qué le ha sucedido a mi hija?

- Señora, ¿cuándo fue la última vez que habló con su hija?

- Anoche la llamé a su casa ¿Por qué? ¿Qué ocurre?

El capitán Martínez volvió a preguntar.

- ¿Sabe usted el paradero actual de ella?

- Si, debe de estar en su trabajo, ella es secretaria en una empresa en Mamonal.

El Capitán seguía aun más confundido, Rafael le había comentado que su esposa trabajaba en un concesionario de autos.

- Señora, disculpe, ¿Usted conoce a Rafael Monterrosa?

- No, señor, en lo absoluto.

El Capitán comenzaba a comprender que quizás no era la persona que buscaban y preguntó una vez más.

- ¿Cómo se llama el esposo de su hija?.

- Juan Salazar, ¿Por qué? ¿Le ha pasado algo a él?.

- No, señora, ofrezco mis disculpas. Esto ha sido una equivocación. Su hija no es la persona que buscamos.

Martínez ordeno de inmediato que se buscara a Rafael por todas partes y lo trajeran sin pérdida de tiempo. Rafael fue ubicado cerca de los Juzgados y traído en la patrulla para que mostrara la casa de la que hablaba.

Al llegar, Rafael mostró el camino. Los policías se encontrarían con la casa en ruinas que describía Rafael.

Comenzaron a interrogar vecino por vecino. Todos coincidían en lo mismo, que esa casa estaba abandonada hacía muchos años y los antiguos inquilinos no respondían a ese apellido.

Desconcertado, al corroborar que aquella casa estaba en ruinas, tomaron la decisión de ir al concesionario.

Al llegar a Cartagena Autos el Capitán solicitó en la recepción a la señora Sandra Arrieta. La respuesta que encontró fue desconcertante. La recepcionista decía que allí ella no conocía a nadie con ese nombre ni esa descripción. El Capitán insistió en preguntar si era nueva en el trabajo. La mujer respondió que tenía diez años trabajando allí y que le aseguraba que esa persona no había trabajado jamás en el concesionario.

Con las manos en la cabeza salió Martínez y le comentó a Rafael lo que sucedía. Este no sabia si llorar, reír o gritar. ¿Cómo que no trabajaba allí, si hacía más de ocho años ella laboraba en ese lugar?

Quería entrar, pero Martínez no se lo permitió.

- -¿Cuántas veces viniste a visitar a tu esposa aquí o a recogerla?

Rafael recordó que, en tanto tiempo, nunca la había visitado en su trabajo. Sólo hablaban por teléfono y ella decía que se encontraba allí.

Martínez no sabía que pensar. Cada vez se hacía más fuerte la posibilidad de que Rafael no estaba en su sano juicio, o que su esposa siempre le fue infiel, lo había engañado todo el tiempo y ahora lo abandonó.

- ¿Qué hacemos, Capitán? Esto no puede ser. No puedo regresar a mi casa con esta angustia. No sé que pasará

- Permitiré que te quedes en la estación por esta noche.

Para Rafael era lo mejor. En esa soledad de su casa no estaría tranquilo. Pensaba que alguien había elaborado esta trampa en contra de él, y para el capitán era lo mejor, pues lo tendría vigilado de cerca.

Como ya se había vuelto costumbre, para dormir Rafael tenia que tomar el medicamento y sin embargo se levantaba varias veces en la noche y el sueño no era reparador. Cuando amaneció, recordó que ya había llegado de la Fiscalía la citación, la primera cita ante el Juez que tendría su caso. Hasta ese momento el abogado de Rafael no había sido asignado por el Estado y tendría que encargarse de eso.

El Capitán Martínez se presentó temprano a la oficina. Le interesaba continuar la investigación. Le preocupaba el paradero de la familia Monterrosa Arrieta. Su celular timbró en ese mismo instante.

- Capitán Martínez, le habla Emiro, el abogado de Alberto Monterrosa. Necesito hablar con Rafael Monterrosa. ¿Lo ha visto usted? ¿Sabe de su paradero? He estado viniendo a los Juzgados y no me dan razón de él.

- Es su día de suerte, abogado, está aquí conmigo.

- Pues le agradecería que le dijera me espere, ya voy para allá.

- Como no, abogado, lo esperamos.

Martínez le comentó a Rafael lo que le había dicho el abogado, algo extrañado. Martínez no sabía cuáles eran las relaciones que Emiro tenía con Rafael. Obviamente, Rafael no le contaría todo completo, y le pidió prudencia.

Al llegar Emiro a la estación solicitó hablar en privado con Rafael, quien le comentó que la citación había llegado.

- Si quieres yo te consigo un abogado de confianza para que te defienda.

Rafael se mostró asombrado, pues estaba bien que su interés era que la herencia no quedara en manos de personas diferentes a las que quería Don Alberto, pero cuál era el interés en defenderlo de su propio cliente.

- Con todo respeto, abogado, ¿por qué me quiere defender? ¿Acaso cree usted que soy inocente?

- Usted lo dijo Rafael. Usted amaba a su padre. No lo mataría.

Rafael no estaba convencido totalmente. Aquel hombre había cambiado de opinión muy fácilmente. Quizás había intereses diferentes a los expuestos. De todas formas él llegaría hasta el final, con la sola intención de que una vez por todas su nombre fuese limpiado y e reconociera que Don Alberto Monterrosa era su padre.

Emiro refirió que conseguiría el abogado inmediatamente y lo iba a poner en contacto porque esa defensa tenía que comenzar a armarse. Oficialmente pediría se verificara la paternidad de Don Alberto.

Cuando Rafael quedó solo, Martínez se acercó y le dijo que había algo que quería mostrarle. Se dirigió al escritorio y sacó el álbum con unas fotografías. Cuando miró hacia arriba pudo ver el gesto de impresión de Rafael, quien comenzó a hiperventilar con cara de desesperación. En su mente se escuchaban los ruidos de unas llantas frenando en seco y el estruendo de un accidente. Rafael se desvaneció en el suelo ante el asombro de Martínez.

Después de varios minutos, Rafael volvió en sí. Martínez lo levantó y lo sentó, apresurándose a preguntarle qué le había pasado.

Rafael entre suspiros comenzó a contarle.

- La persona mayor es mi padre. La mujer de al lado era mi madre, quien falleció en el accidente. Los niños: el de la derecha soy yo y el de al lado, recuerdo, era el hijo del ama de llaves de mi papá, quien creo es la persona atrás en la foto. La verdad no tengo muchos recuerdos de ella.

- Si tú eres el hijo legitimo de Alberto, ¿Por qué te negó? ¿Por qué te separó de él? ¿Dónde estabas?

- Los recuerdos posteriores al accidente no son muy claros. Yo estuve en un lugar para pacientes especiales. Creo que estuve muy mal física y mentalmente. Luego de mi recuperación vivía con una madre sustituta hasta que entre a trabajar y a estudiar en la Universidad, donde me independice.

- Lo que no puedo entender Rafael, es por qué su padre se alejó de su único hijo

- La única teoría que tengo Capitán, es que nunca me perdonó que mi madre muriera en ese accidente, o que le traigo recuerdos trágicos.

Todo lo que decía Rafael era creíble. Había una gran sinceridad en lo que decía que convencía a Martínez.

Mientras, en el tercer piso del edificio Popular, el abogado Emiro se reunía una vez más con la Junta de los diez. Uno de ellos comentó.

- Esta semana se instaurará un proceso legal para hacer efectiva las cláusulas de las Escrituras de Constitución. Aquella idea absurda del tal Rafael no la podremos aceptar bajo ninguna circunstancia.

Emiro explicó que ya estaba dada la citación para corroborar que Rafael si era hijo de Alberto Monterrosa, su cliente. Luego de ese cruce de palabras comenzaron la Junta para aclarar el estado financiero de la empresa con proyecciones especiales. Emiro estaba, lógicamente, en representación de Don Alberto, como la ley lo exigía.

En el transcurso de toda la Junta se notaba el descuerdo entre Emiro y toda la junta. Emiro insistía en que había una conspiración interna para eliminar las posibilidades dadas por las leyes a favor de los deseos de Alberto y que hacía muchos años Alberto estaba en desacuerdos con todos ellos.

Al salir de la Junta se encontró en una cafetería cercana con

Antonio Vargas, el abogado que se encargaría del caso de Rafael, tanto para el reclamo de la paternidad como para el juicio de la acusación de asesinato en contra de Rafael.

Antonio, como todas las personas, estaba sorprendido. ¿Cuál era la intención de Emiro con el hombre que se supone asesinó a su cliente y amigo?

- Dime de verdad, Emiro, ¿tú crees que ese hombre es inocente?

- Antonio, la verdad, ese tipo tiene algo raro. Pero creo que es sincero. Yo estimaba mucho a Alberto, pero también es cierto que yo trabajé mucho con él y creo que debo luchar por mi posición. Si los diez de la Junta se quedan con todo, me echarán sin nada y eso no lo puedo permitir.

- Te voy a ayudar, Emiro, por la amistad que hay entre los dos.

- Cuento con eso, Antonio, no me defraudes. Debemos ganar.

Rafael iba camino a su casa para por lo menos darse una ducha, pero cada día sentía más la sensación de que lo perseguían, que lo miraban y lo buscaban. Se dirigió al estacionamiento por su automóvil, pero quedó sorprendido al no encontrarlo y por más que lo buscó no lo pudo ubicar. Para ese momento cualquier cosa que le pasara era esperada, se devolvió y habló con Martínez para colocar la denuncia respectiva. Rafael fue directo con el Capitán.

- Capitán, estoy casi convencido que la persona que secuestró a mi familia está detrás del hurto del carro. Es alguien que no quiere que se verifique que yo soy el hijo de Alberto Monterrosa. Y ¿quien más que los diez de la Junta?

Para Martínez no estaba nada claro. No comprendía con exactitud lo que Rafael quería decir: no sabía la conexión de Rafael con Emiro ni que se había solicitado reclamar la paternidad de Don Alberto. Rafael le explicó con lujos y detalles todo.

- Esos datos son importantes. Hay que aportar esas pruebas. Hablar con el fiscal para que se tengan en cuenta.

Rafael ahora tenia que coger un transporte a su casa para poder descansar algo. Todo el camino a su casa sintió que lo seguían. Ahora estaba convencido de que alguien lo intimidaba.

Al llegar estuvo muy melancólico por todos los recuerdos que lo envolvían. Durante varios minutos estuvo llorando. De pronto, se dio cuenta que los cuadros de la sala y el comedor no estaban. Pero lo importante ahora era regresar a la estación. Debía estar pendiente de todo lo concerniente a su familia.

Tomó el teléfono de la sala antes de salir. Marcó el número de Cartagena Autos y preguntó por Sandra Arrieta. Una vez más le dijeron que allí no trabajaba nadie con ese nombre. Rafael se exaltó y gritó a la persona al otro lado de la línea, pero cayó en cuenta de que eso podía ser un error.

- Pero ¿cómo va a decirme eso? Ella sí trabaja allí. Comuníquemela por favor

Se quedó callado un instante. Lo siento, disculpe. Estoy un poco nervioso. Adiós.

Rafael parecía un demente. Respiraba rápido y su cabeza era un nudo completo. No sabía que iba a hacer ni cómo iba a volver a su estado normal. Su mente estaba descontrolada y pensaba que si el no hubiera estado insistiendo en que se reconociera que Alberto era su padre, esto no estuviera pasando.

Mientras tanto, en la oficina, Martínez volvía a ver con detenimiento la tarjeta donde estaba la dirección del médico Carlos Ganem. Martínez ya había escuchado lo que Rafael le había dicho, pero algo le decía que debía hablar con él para aclarar mejor las cosas. Copió la dirección y se dirigió al Edificio Concasa.

Llegó a la oficina y preguntó por el Doctor Carlos Ganem. La secretaria lo miró.

- Señor, que pena. No conozco al médico Carlos Ganem. En este consultorio trabaja el Doctor Roberto González.

- ¡Roberto González¡ Qué pena. Mire encontré esta tarjeta.

- Si efectivamente esta es la dirección, pero no es este el médico que esta aquí.

- Podría permitirme hablar con González. Dígale que es el Capitán Martínez del CTI de la Fiscalía.

La secretaria informó a González y este accedió, pero pidió terminar de atender a dos pacientes que estaban esperando. Luego de esperar una hora se le permitió la entrada.

- Adelante, Capitán. Dígame en que lió estoy metido.

- Tranquilo, médico. Usted no está en líos. Sólo quiero preguntarle algunas cosas.

Le explicó que buscaba a un médico que obedecía al nombre de Carlos Ganem y que su consultorio, según la tarjeta que le mostró, quedaba en esa dirección exacta.

- Señor Martínez, está usted en lo cierto. Pero el Doctor Ganem se retiró hace más de diez años. Yo era su alumno y cuando el se retiró yo heredé el consultorio. Mire, aún están aquí sus diplomas en exaltación a su labor, por más de cuarenta años, en Cartagena.

- Si fue su profesor usted debe saber dónde esta ahora.

- Claro, pero por lo menos quisiera saber por qué lo busca. Además, debo llamarlo para saber si desea que yo le de esa información.

- Se lo agradecería.

González tomó su celular y marcó el teléfono de Ganem. Conversaron unos minutos y posterior a eso se dirigió nuevamente al Capitán.

- Podría citarse con usted, Capitán, pero desea saber para que lo busca.

- Estamos haciendo una investigación sobre un asesinato y queremos hacerle unas preguntas. Dígale que si conoce al señor Alberto Monterrosa y al señor Rafael Monterrosa.

El Doctor González explicó a Ganem lo que le comentó el Capitán.

- Dice que lo espera mañana a primera hora en su casa, en las afueras de Cartagena, llegando a Turbaco.

- Es usted muy amable señor González.

- Disculpe, Capitán, no quiero ser impertinente, pero se refirió usted al señor Rafael Monterrosa, el abogado.

- El mismo, ¿Lo conoce?

- Por supuesto, últimamente es mi paciente.

- Doctor González podría hacerle unas preguntas.

Comenzaron a dialogar y hablaron largo rato. Martínez explicó los motivos de su búsqueda y preguntas. Una de esas preguntas se refería a qué le sucedía a Rafael. Igual González detalló los pormenores de los problemas mentales de Rafael.

- Rafael está convencido de que lo que le sucede es secundario a unas medicinas que ha ingerido – comentó el Capitán -

- No estoy seguro que sea por eso. Pero en la actualidad presenta un estado psicótico que puede ser transitorio o no, claro, sin ningún desencadenante, lo que lo hace de mal pronóstico. Por eso le he instaurado un tratamiento antipsicótico convencional.

- Usted me esta diciendo que todo lo que refiere Rafael no es cierto.

- No he dicho eso Capitán, sino que ciertas creencias actuales, sobretodo de que lo persiguen o que le hacen daño, pueden estar relacionadas con su paranoia. Pero lo que refiere de su vida debe ser cierto.

Martínez se retiró del consultorio. La incertidumbre era evidente. ¿Qué tan real eran todas las cosas que Rafael decía? ¿Hasta dónde su mundo era ficticio o real?

La única certeza que tenía era que temprano debería ir a encontrarse con Ganem y que allí encontraría muchas respuestas importantes.

En las horas de la tarde Rafael se levantó exaltado. Se encontraba un poco desorientado, pero pronto se percató de que estaba en el sofá de su casa y, rápidamente se incorporó y salió para dirigirse a la estación.

Al llegar se encontró con Martínez, quien le pidió que debía hablar con él. Comenzaron a charlar y le informó que había hablado con González.

- ¿Qué insinúa Capitán? ¿Que lo que le he dicho es parte de mi problema?

- No, Rafael, cálmese. Se nota tenso. No es eso lo que quiero decir, pero lo cierto es que está enfermo quiero ayudarle en serio. Quiero saber qué es verdad y qué es mentira.

- Otra madre de la caridad que se preocupa por mí. Tengo entendido, Capitán, de que me acusan de asesinato y resulta que de la noche a la mañana todos me comprenden y están de mi lado. ¿Qué, acaso usted, Capitán tiene algún interés en todo esto?

- Tranquilo, Rafael, no es eso. Sólo que usted me parece un hombre sincero y mi único interés es resolver el caso en favor de la justicia.

Rafael le dio la espalda y se fue rápidamente. Estaba exaltado e iba sin rumbo fijo. Sacó del bolsillo de su saco una de las pastillas que le había ordenado González y se la tomó. Al mirarse bien se dio cuenta de que su vestido entero estaba desgastado y roto. No recordaba que ese traje estuviera en ese estado. Siguió caminando sin un rumbo aparente. "La verdad es que no me había dado cuenta de que tengo pocos amigos a los que acudir", se dijo, "y menos tengo una familia a quien pudiera confiar lo que siento".

Su mente de pronto tuvo unos destellazos de recuerdos. Comenzó a relacionar el nombre de Carlos Ganem con la imagen de una persona de baja estatura, calvo, con algunos pelos en la cabeza ya blancos por los años. Igual que antes sintió temor ante ese recuerdo. También recordó el sitio en donde estuvo hospitalizado en su niñez. Algo que él pensaba que había olvidado con los años. Por haber discutido con el Capitán no regresaría a la estación y debía ir a dormir en la soledad de su casa.

Al día siguiente, el Capitán se dirigió temprano a Turbaco. Llevó consigo el álbum, pues sabía que le serviría de algo. El celular sonó. Era uno de los investigadores bajo su cargo quien le comentaba que no encontraban la matricula del carro de Rafael. El Capitán enérgicamente replicó:

- "Búsquelo como sea, pero encuéntrelo. Además, llame nuevamente a confirmar si la Policía de Carretera no lo ha visto. Que se intensifiquen los operativos".

Al llegar a la casa de Ganem le informaron de su presencia y éste le invito a seguir de inmediato.

- Adelante, Capitán, mucho gusto.

Al escuchar la voz desgastada por los años, volvió a mirar y vio a lo lejos a un hombre flaco, de baja estatura, con el rostro arrugado y el pelo blanco por el paso de los años.

- El gusto es mío.

Ganem le invitó a algo de tomar y, luego de un breve preámbulo, el Capitán dijo:

- Quiero ir al grano. ¿Sabe usted por qué estoy aquí?

Pues algo. Usted dijo por teléfono que si conocía a alguien llamado Alberto Monterrosa ¿Es eso cierto?

- Sí, Alberto Monterrosa, accionista mayoritario de las empresas Monteardila, quien fue asesinado hace algunos meses.

Ganem comentó que tenía pocos recuerdos de aquel hombre, pero al ver en las noticias locales sobre la muerte pudo recordarlo con más claridad.

- ¿Era usted su médico?

- No, en realidad lo era de su hijo.

El Capitán le explicó que necesitaba con lujo de detalles todo lo que supiera sobre este caso, pues era importante para la investigación que se adelantaba en contra de Rafael Monterrosa.

- ¿Conoce usted a Rafael Monterrosa?

- Bueno, yo conozco a Manuel Monterrosa, quien era el paciente que yo atendía. Aquí esta su expediente clínico. Lo busqué ayer después que me llamó. Supuse que sería de utilidad, y el nombre es Manuel Monterrosa.

Ganem comenzó a contar con detalles:

- El cinco de mayo de 1978 llegó a mi consultorio el señor Monterrosa quien mostraba ínfulas de ser muy dominante y controlador. Quería controlar hasta lo que decía y lo que quería que yo dijera. Por eso lo primero fue dejarle claro al señor Monterrosa que esto no funcionaba de esa manera, por lo que tenía que decirme la verdad completa. El hombre se ofendió y se marchó, pero quince días después regresó muy desesperado.

En aquella época éramos pocos los psiquiatras, entiende. Me pidió que lo ayudara, que estaba desesperado y no sabía qué hacer con su hijo. El hombre se sinceró conmigo. Capitán, espero que esta parte de su vida se mantenga bajo la clandestinidad, pues fue una confesión profesional. El señor Monterrosa tenía su esposa, pero también una amante que vivía en su casa con la fachada de ama de llaves. Para mala fortuna de Alberto ambas quedaron embarazadas a la vez y él no pudo ocultarlo más. Su esposa se enteró de todo, mas por los prejuicios sociales no se separaron. Usted sabe cómo son estas personas. Vivian en la misma casa, él y su esposa, pero dormían en cuartos diferentes. Él terminó todo con el Ama de llaves. Su verdadero hijo, o mejor, su hijo legítimo era Rafael Monterrosa Ardila.

- ¿ Asegura entonces usted que Rafael es el hijo de Alberto? – Inquirió el Capitán

- Si. Eso me dijo.

- Entonces, ¿Por qué lo niega?.

- Déjeme terminar la historia, Capitán. Después sacará sus conjeturas.

El otro hijo era el natural, el hijo de su ama de llaves, y se llamaba Manuel Monterrosa Agámez. Ambos niños eran de la misma edad, sólo con unos meses de diferencia. El me contó que su hijo, Manuel Monterrosa, presentaba comportamientos extraños y que los médicos que lo habían visto le recomendaron traerlo donde mi. Los síntomas eran extraños. Me contó que el niño era muy retraído y tímido. No hablaba con claridad y últimamente refería que hablaba con personas que nadie más veía.

Decía que alguien lo atacaba y le hacía daño. Lloraba por las noches, se orinaba en la cama y tenía pesadillas casi toda las noches. También contaba que extraterrestres le habían introducido sus carritos de juguetes en su cuerpo y que estos le circulaban por todas partes. Era un cuadro muy extraño. Coincidía con una esquizofrenia, pero nunca había visto esta enfermedad en niños. Sin embargo, consultando, logré encontrar otros casos a nivel mundial que refrendaban la enfermedad y que era posible en niños, por lo que hice el diagnóstico y comencé el manejo.

El niño no mejoraba casi nada. Pasó un año en esta tónica y un día atacó a su medio hermano porque decía que este se disfrazaba de él. Entonces ocurrió algo muy estremecedor: lo iba a ahorcar. Por lo que decidí que lo mejor sería hospitalizar al niño. Se había convertido en una persona sumamente peligrosa. Aquí en Cartagena no existía un centro especial para hospitalizarlo y sugerí que fueran a Barranquilla. Los contacté en un centro para pacientes psiquiátricos especiales.

Un día antes de llevarlo, el 9 de agosto 1979, la madre de Manuel, la ama de llaves, fue a mi consultorio, cosa que me extrañó, Nunca había hecho. Me contó que Alberto no le permitía que ella fuera porque todo lo que le sucedía a Manuel era culpa de Alberto. Él lo reconoció legalmente como su hijo, pero lo rechazaba y no lo consideraba realmente su hijo.

Le trataba mal. Lo maltrataba de palabras y golpes. Ella excusaba el comportamiento de Alberto porque este sostenía que el niño era el culpable del desastre en el cual se había convertido su vida.

- Ahora entiendo a Alberto. Pensaba de forma inconsciente. Claro, para él aquel niño destruyó su hogar y, además, destruyó la relación amorosa y de pasión con su amante. Para él ese hijo era el objeto odiado. Por eso dirigía todas sus fuerza a dañarlo. Es una teoría Capitán, sugerida por el famoso psiquiatra Sigmund Freud. Bueno, pero aquí lo importante es que ella no estaba de acuerdo con el viaje a Barranquilla. Me lo pidió de rodillas, pero yo no podía hacer nada. Don Alberto había tomado su decisión.

Esa fue la primera y última vez que la vi. Supe nuevamente de ellos por las noticias del accidente las cuales informaban que en el Kilómetro 50 de la carretera de la Cordialidad, un auto que viajaba rumbo a Barranquilla se había estrellado, muriendo instantáneamente la señora Sandra Ardila, esposa de Don Alberto, quien sobrevivió con múltiples lesiones. Se encontró el cuerpo de un niño quien, según declaraciones del padre, era Rafael Monterrosa Ardila. Lo que nunca se aclaró fue si Manuel Monterrosa iba en el auto, pues nunca se encontró su cuerpo y tampoco el del ama de llaves. Todo esto había sido mi secreto y lo he compartido con usted ahora, Capitán.

- Hay algo que no entiendo, y estoy más confundido que antes ¿Cómo que Rafael murió? Él está vivo.

- Eso no se lo puedo responder, Capitán. Yo no sabía nada. Ahora me entero que él está vivo y está enredado en este lío.

- Pero, si él odiaba a Manuel, ¿por qué también a Rafael?

- Le repito, Capitán, que esa información no la tengo.

- Algo más. Es posible que si Rafael Monterrosa estuviera vivo pueda padecer de lo mismo que su hermano.

- Es muy probable que sí Capitán. Esta enfermedad está ligada a la genética y pueden compartirla hermanos, así no sean idénticos o gemelos.

- Ha sido de mucha ayuda para esclarecer este acertijo. Una pregunta: ¿Si necesito más información podría llamarlo?

- Por supuesto, Capitán.

Martínez estaba muy confundido. Había muchas cosas que no encajaban en este caso. Por eso llamó de inmediato a la Estación y pidió que se recuperara el expediente del accidente de los Monterrosa Ardila. Debía aportar estas pruebas al Fiscal para, si era necesario, pedir la exhumación de los cuerpos.

El Capitán Martínez llegó a la Estación con cara de preocupación. Cuando se dirigió a la oficina uno de sus asistentes se le acercó y le dijo que había llegado una orden de detención del acusado hasta el final del juicio. La cara de Martínez mostraba su inconformismo total pues dudaba de la culpa de Rafael. Ahora debía detenerlo y ponerlo tras las rejas. Al momento, entró otro asistente con el expediente del accidente de los Monterrosa Ardila.

Martínez comenzó a leer con avidez y, mientras pasaba cada página, corroboraba que el accidente había sido en la vía a Barranquilla a la altura del kilómetro 50 en el carril de ida. Las investigaciones eran claras. Decían que el carro se había volcado por una maniobra errada del conductor, Alberto Monterrosa. El expediente aclaraba que en el auto iban Alberto Monterrosa, su esposa y su hijo, sólo tres ocupantes. Sandra Ardila murió en el acto. Alberto sufrió varias lesiones y estuvo inconsciente tres días, y un niño de diez años, que falleció también en el instante, aparecía en las declaraciones con el nombre de Rafael Monterrosa Ardila. Pero en esa época no existían en Colombia, las pruebas de ADN, así que se tomó como fidedigna la declaración del padre.

El Capitán Martínez, confundido aun más, comenzó a atar cabos en su mente. El accidente había sido el 10 de agosto del 1979 a las 8 a.m. El Doctor Ganem le había dicho que el 9 de agosto el ama de llaves de Alberto había ido a su consultorio y le había confirmado que ellos se dirigirían a Barranquilla al día siguiente, o sea el 10 de agosto, lo que hacía suponer que los dos niños deberían ir en el carro y el ama de llaves también. Pero, ¿Por qué no estaban en los registros? ¿Por qué no hablaban de la desaparición del otro cuerpo del que hablaba Ganem en su relato? Obviamente no se necesitaba ser tan experto en investigación para saber que faltaba un pedazo de la historia. Tomó el teléfono y ordenó buscar la partida de bautismo y el registro civil de Manuel Monterrosa Agámez y Rafael Monterrosa Ardila.

Cerró el expediente y leyó con detenimiento la citación. En una semana empezaría el juicio, y ya tenía la orden de captura en su mano. Llamó al fiscal y sugirió que se tuviese un trato especial con Rafael, pues este hombre estaba un poco enfermo y solicitó un psiquiatra para su instancia en la cárcel. Ese, obviamente, sería González.

Rafael estaba en las puertas de los Juzgados muy mal vestido, confundido, con muchas ideas en la cabeza cuando sintió las sirenas que se acercaban. Al asomarse vio descender de la camioneta al Capitán Martínez, quien lo llamaba con insistencia.

- Rafael, sal por favor. Debo hablar contigo.

Rafael se perturbó más y comenzó a gritar.

- ¿Qué pasa, Capitán? Es usted también parte del complot de los de la Junta, ¿Qué quiere?

- No es nada de eso, Rafael. Debo hablarte.

- Sí sé lo que quiere. Le ordenaron desaparecerme. Pero no me dejaré atrapar.

Martínez sabía que estaba ante un problema y que tenía que usar la fuerza. No había otra opción a la mano. Por lo tanto ordenó a los agentes que lo detuvieran.

Todo fue dramático. Rafael intentaba salir por la ventana cuando entraron a detenerlo. Fue entonces cuando agredió con un bate de béisbol a uno de los agentes, estos tuvieron que detenerlo a la fuerza y esposarle pies y manos. Por todo el camino a la estación gritaba a través de la ventana: "¡Auxilio¡ Me secuestra la misma Policía. Todos están unidos".

Martínez no quería mirar hacia atrás. Le martirizaba el estado en que se encontraba Rafael y sospechaba que su esposa realmente lo había abandonado por su estado o que se había puesto a salvo mientras pasaba todo.

A Emiro se le informó que Rafael había sido detenido, por lo que procedió a llamar a su colega y amigo, Antonio, para que comenzara de inmediato ala defensa de Rafael.

Hablaron con el Fiscal que denunciaba a Rafael y se pactó juicio en una semana. Así ellos tendrían tiempo de armar todas las pruebas para la defensa.

Emiro se dirigía al edificio Banco Popular a la empresa Monteardila cuando fue detenido por el portero.

- ¿Qué le sucede hombre? No ve que soy yo.

- Lo siento, señor Emiro. Usted no puede ingresar a las instalaciones de la empresa

Indignado, Emiro trató de buscar explicación. A pesar de que él era el representante de Alberto no aparecía en ningún lado escrito de forma legal por lo que le quitaban todas las posibilidades de continuar representando a Alberto. Alegaron además, que él era enemigo de la empresa y de Alberto Monterrosa. Le mostraron un documento firmado por Alberto y del cual no pudo verificar su veracidad porque no lo tuvo en su mano por mucho tiempo. Aquel documento ordenaba retirar todo poder a Emiro si todo se daba como él quería. Al parecer Alberto sospechaba de Emiro y si eso se comprobaba debía defender la empresa de él y del tal Rafael.

- No se saldrán con la suya. Sé que ustedes son responsables de todo esto y que Rafael es una víctima. Yo conocía a Alberto de verdad. Era mi amigo y sé lo que quería de veras y ustedes nunca quisieron creer en él.

Se retiró del recinto. Esta batalla estaba perdida casi en su totalidad y debía trazar unas buenas estrategias para poder ganarla.

Durante la semana que pasó, Emiro realizó todos los preparativos propios del juicio. Mientras, el Doctor González le instauraba a Rafael un tratamiento agresivo por vía endovenosa, para tratar de mitigar la agitación y el estado de exaltación en que se encontraba. El tratamiento había funcionado. Rafael estaba más calmado, por lo que Martínez se acercó a hablar con él.

- ¡Hola Rafael¡ ¿Cómo estás?

- Lo siento, Capitán. No sé qué me pasó. Discúlpeme por tanta grosería.

- Tranquilo, sé que no es tu culpa.

Después de siete días fuera del mundo consciente, Rafael volvía a preguntar por su esposa y sus hijos.

- Lo lamento Rafael, no encontramos rastro de ellos. No sabemos qué pudo haberles pasado. Pero seguiremos buscándolos. Ahora, la placa de tu carro no está correcta. Parece que por todo lo que te ha sucedido no la recuerdas bien.

- Lo que menos me interesa es el carro. Necesito saber por qué estoy nuevamente detenido.

Martínez explicó que debería estar detenido porque el Fiscal así lo había dispuesto mientras transcurría el juicio. Rafael lo tomó con tranquilidad. Estaba seguro de su inocencia.

Emiro también visitaría a Rafael para explicarle el alegato principal con el cual esgrimiría su defensa: estado de enajenación mental. Sin embargo, Rafael insistía en que él se sentía bien y preguntaba si no habría otra opción. Emiro insistía que era la única opción y, además, la mejor. Tanto así que con seguridad ganaría el caso.

Llegó el día del juicio. En la primera audiencia el primer testigo llamado seria el acusado a quien el Fiscal comenzaría a interrogar.

Después de las preguntas pertinentes a la descripción general, se pidió que describiera los sucesos previos al asesinato: el pequeño encuentro fugaz que tuvieron el señor Alberto Mnterrosa y Rafael.

Como en el interrogatorio informal el día del asesinato, Rafael relató con detalles que Alberto era su padre y que jamás atentaría contra su vida, y que lo visitó aquella noche para tratar de hablar con él y convencerlo de que lo perdonara. Ante la negativa violenta de su padre, se alejó de la casa dirigiéndose a su auto. Jamás entró a la casa de Don Alberto Monterrosa, su padre. El fiscal lo miró:

- ¿Por qué dice usted que su supuesto padre, - porque no se ha comprobado que sea usted, ya que en estas copias del expediente consta que el único hijo de la familia Monterrosa Ardila murió en un accidente de tránsito -, reitero por qué dice usted que su supuesto padre no lo había perdonado ¿cuáles eran esos motivos?.

Rafael mostró incertidumbre muy manifiesta pues no alcanzaba a recordar cuales eran esos motivos. Sólo sabía que la relación con su padre se había deteriorado hasta el punto de no haberse hablado más.

- La verdad ya lo he dicho en múltiples ocasiones. No conozco los motivos exactos por los cuales mi padre no me aceptó como su hijo. Solamente soy consciente de nuestra separación.

El Fiscal había estudiado a la perfección las declaraciones de Rafael en la primera indagatoria - replicó de inmediato - .

- Señor Rafael, usted nos dijo que no recordaba el accidente automovilístico en el cual, según los reportes de la prensa y la policía, usted había fallecido. Entonces, ¿Cómo es qué ahora está vivo? ¿Quién lo mantenía económicamente? ¿Cómo pudo estudiar su carrera de abogado?

Rafael se desconcertaba más. No tenía explicaciones concisas. No podía dar respuestas lógicas. Para él su padre continuó sosteniéndolo económicamente y pagándole los estudios, pero no recordaba con quién vivía.

El Fiscal mostró unos documentos donde estaban las copias de la cédula de Rafael y su Tarjeta Profesional.

- Señor Juez, estos documentos no se encuentran registrados. En la Registraduría no existe nadie que responda al nombre de Rafael Monterrosa y el único Monterrosa que aprobó Derecho y Ciencias Políticas en la facultad de Derecho de la Universidad de Cartagena fue Alberto Monterrosa. Lo que quiere decir que este hombre es un impostor, por lo que solicito sean presentados en esta audiencia documentos originales para verificar su veracidad.

El Juez accedió a la petición del fiscal, mientras Rafael alegaba que todo era una trampa, pues él si era Rafael y esos documentos eran los suyos.

Emiro, entre el público, se mostraba significativamente preocupado. Dirigía su mirada a Antonio quien mostraba su desacuerdo por el lío tan tremendo en que lo había metido su mejor amigó. Pero Emiro era un hombre muy testarudo e iría hasta el final del caso.

Cuando le fue cedida la palabra a Antonio para interrogar al testigo solicitó al juez que realizara una prueba de ADN para corroborar que su cliente si era hijo de Alberto Monterrosa. Exigía además que se verificaran los datos dados por el Fiscal, los cuales no eran oficiales sino simples averiguaciones hechas extraoficialmente.

El Juez aceptó la petición del Doctor Antonio y se permitió tomar la muestra para la prueba de ADN, la cual seria de inmediato. Por lo tanto se suspendió la sesión hasta que se obtuviera el resultado de la muestra.

Al salir, Emiro y Antonio volvieron a interrogar a Rafael quien, aturdido y desesperado, no sabía que decir. No entendía por qué decían que esa cédula era falsa. Él sabía quién era. Emiro sentía que Rafael era muy sincero. Era la misma sensación que se formaban todas las personas que hablaban con Rafael.

Mientras se realizaba el procedimiento de la prueba del ADN, el Fiscal estudiaba el caso con detenimiento, incluido el informe dado por el Capitán Martínez, quien describió la conversación que tuvo con el doctor Carlos Ganem, lo que le confirmaba que Rafael de una u otra forma era un impostor. Por lo que tuvo de inmediato la idea de llamar a declarar como testigo a Carlos Ganem en la próxima audiencia. La idea central del Fiscal era buscar el motivo por el cual Rafael asesinó a Alberto. El motivo más evidente era la herencia de Alberto.

Así pasaron las dos semanas que se necesitaban para que se obtuviese el resultado de las pruebas de ADN.

El Fiscal, se encontraba en su oficina leyendo los informes. Esa mañana, muy temprano, sonó el teléfono. El Fiscal contestó, para su gran sorpresa le informaban que se había corroborado la muestra y el resultado claramente decía que Rafael era hijo de Alberto Monterrosa. Como era de suponerse el Fiscal se sorprendió. Estaba muy seguro que no seria así. Pero el resultado no eximia a Rafael del asesinato de su padre, ya que sus relaciones no eran las mejores. Pero debía esforzarse en encontrar las pruebas y encaminar el juicio de tal manera que se hiciera justicia y Rafael pagara caro su delito.

Estudió el resto de la mañana el expediente de la escena del crimen de Alberto Monterrosa. No había datos nuevos que aportaran pistas en defensa de Rafael. Por el contrario, todos los indicios apuntaban a que él era el asesino. Pero, ¿Cómo convencer al Juez?

Se quedó mirando al vacío y pensó que una buena salida sería solicitar la exhumación del cuerpo del niño que Alberto había señalado como Rafael Monterrosa, su hijo, pues uno de los dos mentía.

El expediente forense de la necropsia del cadáver de Alberto no mostraba tampoco un indicio contundente que él no hubiese visto antes cuando realizó las primeras pesquisas. En todo caso tenia que encontrar en otra parte las pruebas que necesitaba para inculpar a Rafael: estaba seguro que en estos documentos no las encontraría.

La audiencia se reanudó y se presentaron las pruebas de ADN que corroboraban la paternidad de Alberto sobre Rafael. Emiro estaba satisfecho. Era lo que estaba necesitando, una prueba que confirmara que existía un heredero de Alberto Monterrosa. Esto tumbaría todos los planes de la Junta de Monteardila. Corroboraba además, que Rafael no le había mentido. La duda que lo asaltaba era por qué, entonces, no aparecía registrado Rafael. ¿Sería que alguien con suficiente influencia pudo manipular el sistema y borrar a Rafael?

El Fiscal también aportó sus pruebas y demostró claramente que era cierto que no aparecía registrada la cédula de ciudadanía de ningún Rafael Monterrosa, pero sí había encontrado en la Registraduria el registro civil y la partida de bautismo que decían que sí existía un Rafael Monterrosa, e igualmente, encontrado su acta de defunción.

El Fiscal solicitó permiso para acceder al expediente del accidente en el cual había perecido, según don Alberto, Rafael Monterrosa.

El expediente explicaba claramente que solo un niño estaba en el auto en el momento del accidente y que se realizó el levantamiento del cadáver. Pero no estaban los resultados de la necropsia oficial y tampoco las huellas digitales del occiso. Era evidente que alguien había manipulado las cosas. Lo que no se sabia era si habían desaparecido o no había hecho, por lo que se ordenó de inmediato una investigación interna en la Fiscalía, muy en contra del Fiscal que estaba en turno ese día y quien tomó el caso.

El Juez de inmediato ordenó que se exhumara el cadáver del niño, pero la exhumación demoraría un poco ya que había que llenar una serie de requisitos en las oficinas de la Alcaldía y el Cementerio de Manga.

El Fiscal acusador solicitó llamar como testigo a Carlos Ganem, el psiquiatra quien supuestamente atendió a un hijo de Alberto Monterrosa en el pasado. El Fiscal comenzó a interrogar a Carlos Ganem en una forma concisa. El Juez, en su estrado, tenía copias del informe.

- Doctor Ganem, ya nos han explicado que el niño que usted atendió no era Rafael Monterrosa. Pero entonces, quién era.

- El joven que atendí y traté se llamaba Manuel Monterrosa Agámez y según lo que yo sabía era hijo de Alberto con su ama de llaves.

- ¿Sabe usted quién era el ama de llaves?

- Sí, recuerdo que se llamaba Ana Agámez.

- ¿Sabe usted algo de ella en la actualidad?

- En lo absoluto señor.

El Fiscal explicó todos los pormenores del informe y mostró que el médico Ganem sugirió el viaje en el que al parecer perdió la vida la señora Ardila y Rafael Monterrosa.

- ¿Tiene usted conocimientos de quienes iban en el carro ese día?

- No señor, no tengo conocimiento de eso, sólo lo que escuché en las noticias.

Ganem explicó claramente y en términos muy prácticos sobre la patología que padecía el niño en mención y que era posible que su hermano Rafael padeciera de algo parecido.

- Doctor Ganem, - repuntó el fiscal -, ¿Cree usted que por el estado de enajenación mental reportado el Doctor González, Rafael pudo asesinar a su padre?

- Le voy a contestar así, no en este caso en específico, pues tendría que conocer con certeza si Rafael tiene perfil de asesino. Pero, en general, no está demostrado que el simple hecho de ser esquizofrénico aumente las posibilidades de ser un asesino en potencia. Además debo reconocer que en un estado delirante en el cual se confunda la percepción puede cometerse un asesinato por error. Por ejemplo, si la persona cree que esa persona lo está atacando o que es un peligro inminente para su integridad.

El Fiscal desnudó la posibilidad de que Rafael pudiese haber asesinado a don Alberto por su estado mental.

Al terminar el interrogatorio y la audiencia de ese día, el Fiscal buscó el registro de nacimiento y la partida de bautismo de alguien llamado Manuel Monterrosa Agámez. No aparecieron por ningún lado, como si nunca hubiese sido registrada persona alguna con esos nombres y apellidos.

El otro paso seria pedir los resultados de la exhumación del niño muerto en el accidente.

Antonio estaba reunido con Emiro. Este último llevaría las pruebas que mostraban a Rafael como el único heredero de Alberto Monterrosa y, por lo tanto las acciones de Monteardila no podían pasar a manos de la Junta, pero sí a las suyas. Ahora sí conseguiría un poder firmado por Rafael para manejar dichas acciones. En estos momentos Rafael no estaba en condiciones mentales para hacerse cargo de los negocios de su padre.

A lo que Antonio apuntó:

- Emiro, entonces, ¿seguimos defendiendo a Rafael o no? Ya tienes lo que querías.

Emiro, con una sonrisa socarrona en su rostro, contestó:

- Si este loco mató al viejo Alberto en su estado de locura, allá él, pero debemos seguir defendiéndolo. Llamaría mucho la atención si abandonáramos el caso abruptamente.

- Si somos la defensa tenemos que buscar argumentos sólidos. Este hombre esta enterrado hasta al cuello.

Emiro le pidió que siguieran discutiendo después, pues ahora tendría una reunión con la Junta y esta era ineludible.

En la Junta todos callaban hasta que uno de los socios se levantó.

- Sabemos que no te interesa ese muchacho, Emiro, sólo lo haces por el poder, y quien quita que también por el dinero de Don Alberto.

- Con todo respeto, señores, ustedes me lanzan una acusación peligrosa, y yo los acuso de manipular el sistema para ocultar la verdad. Porque ustedes sí tienen poder y pueden comprar cualquier persona para demostrar que Rafael no era hijo de Alberto y así repartirse las acciones de Monteardila.

- No seas estúpido. Nunca haríamos tal cosa. ¿Para qué? Si era evidente que Don Alberto siempre insistió en que ese hombre no era su hijo y tú lo sabias porque él te lo confirmó una y otra vez. Además, ¿no y qué don Alberto era tu amigo?

- Así es, Don Alberto si era mi amigo y lo estimaba mucho, pero algún motivo personal debió tener para negar ese hijo y no soy nadie para juzgarlo.

- Entonces, no estás haciendo la voluntad de Don Alberto. Las acciones pasarán a manos de la persona de quien él menos quería.

- ¿Y ustedes creen que Don Alberto quería que ustedes fueran los herederos? Están muy equivocados.

La reunión se calentó. Luego tuvieron que discutir otros casos que concernían a la producción de la empresa y la discusión de las acciones quedó aplazada para una próxima ocasión.

La audiencia continuó al día siguiente. El próximo testigo en subir al estrado fue Mariela Fonseca, el ama de llaves de los últimos años de vida de Don Alberto. El informe de las investigaciones y el interrogatorio que le realizó el Capitán Martínez estaban en el escritorio del Juez. Como ya había contado, describía uno por uno los datos dados en el informe y una pregunta más.

- Dígame algo, ¿sabe usted sobre una persona llamada Ana Maria Agámez, supuestamente el anterior ama de llaves anterior de Don Alberto Monterrosa?

- Ya sé a donde quiere llegar señor. ¿Debo confesarle secretos de la vida privada del señor Monterrosa?

- Recuerde usted que está bajo juramento y que se está investigando un asesinato. Usted no esta resguardada con secreto profesional.

- Yo contaré lo que sé, pero con calma

Mariela se notaba nerviosa. Seguramente sabía muchas cosas definitivas para esclarecer este caso.

- Primeramente, fui la confidente de Don Alberto Monterrosa. Incluso fui su amante por muchos años.

El público asistente se incomodo. No necesitaba decirlo, porque estaba en el ambiente que a Don Alberto le gustaban las amas de llaves.

- En sus episodios depresivos, a causa de la soledad, me confesó su romance con Ana María Agámez y todos los problemas que tuvo, cuando su esposa se enteró. Ella sufrió mucho por su infidelidad, pero no se separaron. Sí. es cierto que con Ana María tuvo un hijo, el cual bautizaron con el nombre de Manuel, Manuel Monterrosa Agámez. En alguna ocasión él me mostró sus fotos. Por lo tanto Don Alberto tenía dos hijos: Rafael, concebido del legítimo matrimonio y Manuel, con el ama de llaves.

El auditorio quedó en silencio, tratando de asimilar esa verdad. No se imaginaban que las cosas habían llegado a ese punto. El Fiscal rompió el hielo. Con su profunda voz preguntó a la testigo.

- Señora, en uno de los informes nos dicen que el señor Monterrosa trataba mal al hijo de las relaciones clandestinas con Ana Agámez, o sea, a Manuel.

- Él nunca me habló de eso. Pero me confesó, muy arrepentido, que si pudiese devolver el tiempo no habría permitido jamás que Ana quedara embarazada. Es más, le ofreció dinero para que dijera que era de otro y que se fuera lejos. Ella nunca lo aceptó. Por el contrario, trato de levantar bien el alto el fruto de su amor por Don Alberto. Cosa que a él le molestaba muchísimo.

- Disculpe Mariela, algo importante para resolver de una vez por todas este caso. Queremos establecer si el día del accidente, además de las tres personas que describe el informe legal de la policía, alguien más iba en el carro.

La expresión de Mariela se tornó más seria. El Fiscal estaba ahondando en cosas que ella misma quería olvidar. Aquella mujer sabía más de la vida de Don Alberto de lo que parecía al principio. Un poco titubeante, contestó:

- Él me contó que en el carro aparte de su esposa y su hijo, iban su ama de llaves Ana María Agámez y su otro hijo, Manuel Monterrosa. Pero debo aclarar que nunca fue registrado este hecho por las autoridades competentes, ni tampoco me contó cómo pudo ocultarlo

- Según su relato el accidente se presentó porque Manuel estaba en una crisis de agitación tan fuerte que no lo podían controlar dentro del carro. Mientras que Ana lloraba y suplicaba a ambos que no llevaran a su hijo a ese establecimiento en Barranquilla, porque de allí no saldría jamás. El día era lluvioso, con poca visibilidad, y Manuel, en su desesperación, agarró el volante del carro. Don Alberto no pudo controlar la dirección y chocaron contra una tracto mula que venía en sentido opuesto. Él quedó inconsciente varios días, por lo que no pudo recordar nada más.

- Debe ser capcioso lo que voy a preguntar, pero me corresponde ¿Qué le dijo él sobre lo que pasó con los dos otros ocupantes del vehículo?

- Me dijo que no planeó lo que sucedió. Su representante en esa época lo visitó y le contó que el otro niño desapareció y que tampoco se sabía nada sobre el paradero de Ana Agámez. Después de tanto hablar, la conclusión del asesor fue que Don Alberto debía negar que ellos iban en el carro. Mucho tiempo después Don Alberto volvió a saber de la vida de Ana, pero esta jamás reclamó nada y él tampoco quiso acercarse por temor a remover viejos dolores.

- ¿Usted cree que ese niño vive?

- No lo sé realmente, porque cuando Don Alberto me contó que un hombre, desarrapado le acosaba diciéndole que era su hijo, él me juró que ése no era su hijo y que algo buscaba aquella esa persona. Yo le creí, pues pensaba que era sincero conmigo.

- ¿Sabe usted que la prueba de ADN dice que ese hombre es hijo de Alberto Monterrosa?

- Sí, ya lo supe y eso me preocupa porque aquí hay algo que no encaja del todo.

El Fiscal, luego de la audiencia, corroboró que el manejo dado a aquel accidente fue manipulado. En esa época era muy fácil. Hoy en día habría más control, pero allí surgía el interrogante ¿Quién lo hizo y por qué? El otro paso era esperar la exhumación del cadáver para saber a quien correspondía, si era Rafael o Manuel.

Mientras tanto, Gonzáles continuaba el tratamiento con Rafael. Charlaban horas enteras buscando en su mente algunos datos importantes para la evolución del tratamiento y para el caso en específico.

- ¿Conoces a Ana María Agámez?.

- Claro. Ella me cuidaba cuando era niño y ella tenía un hijo que jugaba conmigo. Se llamaba Manuel.

- ¿Has vuelto a ver a Manuel?

- Jamás.

- La mujer que has visto últimamente y que te dio los medicamentos que te enfermaron quién es?

- No puedo recordar.

- Aun crees que ella hace parte del complot para dañarte.

- No lo sé doctor, quisiera saberlo de verdad, porqué esta en mi casa.

Gonzáles tenía la impresión de que aquella mujer era parte de las alucinaciones Rafael y que no existía realmente.

- ¿Recuerdas el accidente?

Cuando González mencionó aquello, Rafael se excitó mucho, como si no quisiera hablar ello. Se revolvió en el sofá y contestó secamente.

- Yo no lo recuerdo bien, pero ahora estoy seguro que si fue así. Recuerdo ruidos, llanto, dolor, sangre, mucha sangre. Era escalofriante. Lla mañana gris llovía y las gotas pegaban fuertemente en el parabrisas del carro, pero no alcanzo a recordad nada más.

- ¿Y después de eso?

- Sólo vuelvo a recordar cuando estaba en la universidad de Cartagena estudiando Derecho.

- ¿Por qué crees que no recuerdas nada antes del accidente, ó sea, casi toda tu niñez?

- No lo sé – y lo miró angustiado - Dígamelo usted doctor

Para González había cosas que no encajaban de ninguna manera. Posiblemente una represión inconsciente de los recuerdos por lo doloroso que fueron.

El siguiente testigo en la audiencia para el interrogatorio era el testigo ocular que aseguró que luego de que Rafael habló con su padre se alejó de la casa.

- Señor Olier, ¿usted asegura que vio al occiso hablando con el acusado?

- Sí, hablaron pocos minutos.

- ¿Dice que el acusado se alejó de la casa como yéndose y que luego se escuchó el grito?

- Sí, para mi concepto él no estaba dentro de la casa cuando se escuchó el grito. No puedo asegurar que no sea el asesino, pero por lógica lo digo, pues él se alejó y el tiempo que transcurrió fue muy corto para devolverse y matarlo. Lo que sí pude ver que, después de los gritos alguien bien vestido salio corriendo, pero no pude distinguirlo. No es posible que sea el acusado. No lo se realmente.

- El acusado declaró que se dirigió hacia su carro, un Mazda azul, que estaba parqueado al frente.

- Bueno, yo no vi ningún auto. Realmente él se alejó y tomó la orilla de la carretera. Llevaba algo en sus manos, como una tapa de aceite de cocina y se comportó un poco extraño, como si efectivamente manejara un auto. Pero no le di importancia a ese incidente.

El siguiente interrogado fue el vecino que tomó la fotografía, Camilo Salcedo. El fiscal tomó de su expediente la fotografía y la pasó al Juez preguntándole al testigo por qué había tomado la fotografía.

- La tomé porque había visto a este hombre varias veces rondando al señor Monterrosa. Llegaba de improviso. Pero hay algo muy particular. El señor Monterrosa llegaba a su casa siempre como un reloj a las 7:00 p.m. y aquel hombre lo esperaba a la misma hora siempre. Aquella noche me pareció que a Don Alberto le molestaba que lo interceptara. Eso me pareció sospechoso.

- ¿Usted se percató si el se alejó de la casa o se devolvió?

- Estaba un poco confundido y quería mirar bien si la foto había salido nítida. No me di cuenta de nada. más hasta que se escuchó el grito.

- ¿Era usted amigo del señor Monterrosa?

- Éramos. Pero no nos habíamos distanciado últimamente por razones personales. Por una mujer... pero eso no quería decir que me gustara que le pasara algo.

- ¿Llamó usted a la policía?

- Sí señor, desde mi teléfono.

Los datos nuevos eran muy pocos convincentes, pero todo seguía apuntando a la responsabilidad de Rafael en el asesinato de Don Alberto Monterrosa.

Al día siguiente González regresó a la sesión. Pero sucedió algo que cambiaría por completo el rumbo del tratamiento y del reporte que debía presentar como perito oficial escogido por la Fiscalía Seccional de Cartagena.

Rafael se acercó al espejo del baño del consultorio de la Fiscalía. Se escucgó un grito de impresión y desconcierto total.

- ¡No, ¿Qué es esto? ¡Éste no soy yo!, Ésta no es mi cara!

Gonzáles lo abordó de inmediato y trató de tranquilizarlo. Miraba al espejo y miraba a Rafael. Era obvio que Rafael veía en el espejo a otra persona.

- Doctor, ¿qué sucede? La cara que veo en el espejo no es la mía. Esa es la cara de Manuel. Me está persiguiendo. Me quiere hacer daño.

González veía la misma cara que siempre había visto, pero no lo decía, porque podría ser perjudicial. Llamó a los guardias y al enfermero, que estaban en la antesala, y les indicó que lo agarraran muy disimuladamente para sedarlo. No se podía controlar de otra forma.

Cuando logró sedarlo se comunicó telefónicamente con su profesor y amigo Carlos Ganem, con el fin de concertar una cita para discutir sobre el caso.

González le comentó con todo lujo detalles lo que había presenciado. Lo primero que ambos concluyeron era que estaba teniendo una percepción delirante, clara y manifiesta de quién era él en la realidad.

Gonzáles le dijo a Ganem que Rafael no tenía recuerdos de su niñez, a lo que éste anotó muy profesionalmente:

- Perfecto. Realicemos una terapia de hipnosis para recuperar la información de su infancia y saber qué lo ha reprimido.

Para realizar éste procedimiento debían pedir autorización del Juez. González estaba seguro de que aquella sugerencia hecha por un experto era la mejor opción. Incluso profundizarían en el asesinato para ver si lograban rescatar alguna información.

Mientras tanto Emiro y Antonio, en la oficina, sabían que encontrarían culpable a Rafael y que lo único que evitaría una condena prolongada era declararlo enfermo mental. Impidiendo su aprehensión en un centro carcelario... Pero iría a un sanatorio para enfermos mentales. Esto permitiría que él, Emiro, siguiese siendo su representante ante la Junta de Monterardila. Con esta coartada prepararon todo el expediente. Llamarían a declarar a González para que testificara el estado mental de Rafael.

Aunque había un gran pero, ¿A qué Centro Asistencial

propondrían para recluir a Rafael?. Si en Cartagena no existía uno que de verdad reuniera las especificaciones como tal y que Rafael pudiese tener una rehabilitación, el único era El Hospital San Pablo. Pero qué garantías existían allí: el Estado lo mantenía en un total abandono y, al final, Rafael no se merecía esa suerte.

En tanto, el Capitán Martínez se encontraba en su oficina cumpliendo con sus obligaciones, pero a la vez repasaba una y otra vez las cuartillas en donde se encontraban consignados todos los apartes del juicio contra Rafael Monterrosa.

De pronto, alguien entró por la puerta, alguien de quien él ya se había olvidado. La pieza tal vez más importante en todo este rompecabezas. Era aquella mujer. La que había visto en la foto y que reconoció en la estación el día que averiguaba por Rafael. La mujer entró un poco entre sigilosa, asustada y confundida.

- Buenas tardes, Capitán. Quiero una información.

El Capitán, desconcertado, la miraba de pies a cabeza. No sabia si preguntar su identidad o esperar a que ella se identificara. La mujer, ya un poco más aplomada, preguntó:

- ¿Sabe usted quien soy yo?

- Creo saberlo señora. Usted es Ana María Agámez. La antigua ama de llaves de Don Alberto Monterrosa.

La mujer, abriendo en forma desorbitada sus ojos, mostró su admiración ante la tajante afirmación del Capitán. Agregó casi tartamudeando:

- Ca, Capitán, no sabía que tuvieran tantos detalles sobre mí y menos que supiera mi nombre... Pues, sí señor, yo soy Ana María Agámez, y me he enterado que mi hijo está detenido nuevamente. Y no sólo eso, sino que se le sigue un juicio por el asesinato de Don Alberto Monterrosa.

- ¡Su hijo¡ Se refiere a Rafael Monterrosa.

- Perdóneme que le corrija Capitán. Él no es Rafael Monterrosa, sino Manuel Monterrosa.

El Capitán se asombró y su rostro dio la sensación de palidecer. No podía entender lo que oía. Ahora estaba más confundido que antes.

- ¡Manuel Monterrosa¡ No, no entiendo, señora. Además, ¿Dónde estaba usted? ¿Por qué hasta ahora se aparece?

- No sabía lo que pasaba. No estaba en la ciudad. Estaba huyendo de Manuel quien me había atacado ya en varias ocasiones. Pero hoy he venido a aclarar muchas cosas.

- ¿Está dispuesta a declarar en el estrado?

- Claro que sí, todo por mi hijo

Martínez de llamó al Juez y le contó lo sucedido. El Juez solicitó de inmediato que se considerara como un testigo clave, pues el caso estaba apunto de cerrarse.

En ese mismo instante, en los calabozos de la Fiscalía, González y Ganem estaban en plena sesión de hipnosis tratando de evocar los recuerdos de la niñez.

- ¿Dónde estás ahora Rafael?

Rafael no contestaba, a pesar de que se mencionaba su nombre.

- ¿Qué pasa, Rafael Monterrosa?.

- Yo no soy Rafael Monterrosa. Es mi hermano y no está ahora.

- ¿Con quién estás?

- Con mi mamá, ella me está cuidando.

- ¿Quién es tu mamá?

Ana María Agámez.

Rafael comenzó, repentinamente a llorar en forma desconsolada.

- ¿Qué te sucede, Manuel ¿Por qué lloras?

- Están peleando, mi mamá llora, yo no quiero ir, no quiero que me alejen de ella.

- ¿ A Dónde te quieren llevar?

- No sé, sólo sé que tengo miedo, mucho miedo.

Bruscamente dejó de llorar y entró en un estado de pasmosa tranquilidad.

- Rafael, por favor ¿Qué pasó ahora?

- Ya le dije que no soy Rafael.

- Si no eres Rafael, entonces, ¿Quién eres?

- Manuel, Manuel Monterrosa

González se sorprendió. No entendía qué sucedía. ¿Por qué Rafael decía que era Manuel?, Ganem preguntó:

- Entonces, Manuel, ¿Qué haces ahora?

- Mi mamá me esconde lejos donde no puedan verme.

- ¿Cómo es ese sitio?

- No puedo ver bien, tengo mucho miedo.

Rafael se soltó de nuevo en llanto, mostrándose impaciente, temeroso, pero prontamente volvió a una calma absoluta.

- ¿Qué pasa ahora Manuel?

- No soy Manuel.

- ¿Cómo? Repite lo que dijiste.

- No soy Manuel. Soy Rafael Monterrosa Ardila.

- ¿Quién es tu mamá?

- Sandra Ardila

Ganem interrumpió la sesión y llamó aparte a González, como en un susurro agregó.

- Esa era la patología que padecía Manuel cuando niño. Afirmaba que era su hermano. Ahora puedo concluir que sufría un aparente trastorno de personalidad fragmentada o múltiple y que es el mismo niño que yo había tratado.

González, preocupado ante el apunte de su colega, piensa que se debe suspender la sesión definitivamente. Rafael estaba gravemente enfermo y presentaba dos patologías: trastorno de personalidad múltiple o disociativa y una esquizofrenia indiferenciada. Esto no era nuevo sino que provenía de vieja data.

Los dos galenos se pusieron de acuerdo en pasar el informe a la Fiscalía y solicitar que se siguiera estudiando al paciente en un ambiente adecuado.

Al día siguiente sería la audiencia final, donde se daría el veredicto. Pero aún no se habían obtenido las pruebas del ADN que estaba a la espera y seguramente el veredicto se daría sin esa prueba. Los últimos testigos serían el Doctor González, sugerido por la defensa y Ana María Agámez, madre del acusado, sugerido por el Fiscal.

El Fiscal estaba en su oficina muy temprano cuando recibió la llamada informándole los resultados de la exhumación del cadáver. Las pruebas tomadas corroboraban que el niño sepultado era Rafael Monterrosa Ardila. No cabia dudas. El acusado no era Rafael Monterrosa.

Cuando se instauró la audiencia, el Fiscal presentó el soporte forense que arrojaba los resultados de la exhumación y se llamó al estrado a Ana María Agámez..

- Señora, identifíquese

- Mi nombre es Ana María Agámez

- ¿Y quién es la persona sentada en el banquillo de los acusados?

- Es Manuel Monterrosa Agámez, mi hijo.

Todo el auditorio se revolucionó. No podían entender lo que sucedía. ¿Cómo que era Manuel y no Rafael?. Para Emiro y Antonio también fue una gran sorpresa. Ellos no sabían los resultados de la exhumación.

- ¿Dice usted Monterrosa? ¿O sea que usted tuvo este hijo con Don Alberto Monterrosa?

- Así es.

- Entonces las pruebas de ADN son exactas. Es hijo y único heredero de Don Alberto Monterrosa.

- Sí, señor.

Sorpresivamente, una voz interrumpió el alboroto y el auditorio quedó en un sepulcral silencio.

- No, maldita, eres tú, ¿cierto? Siempre me has odiado. Ya sé quién eres tú. Ya te reconozco. Eres Ana, mi nana. Siempre me odiaste, maldita. No soy Manuel. Soy Rafael y tengo mi vida y mi familia.

Se tuvo que usar la fuerza para calmar a Rafael o Manuel, en este caso, pues todo apuntaba a que no era Rafael Monterrosa sino Manuel Monterrosa.

- Sí, es mi hijo y siempre ha sufrido de esta enfermedad.

- Dígame algo señora, ¿qué pasó el día del accidente? Sabemos que usted y su hijo iban en el auto.

- Por supuesto. Íbamos en el carro. Yo no estaba de acuerdo con ellos. Estaba convencida de que me hijo estaba enfermo por culpa de Alberto. Nunca lo quiso reconocer. No lo quería como su hijo. Lo negaba ante la sociedad y lo maltrataba física y mentalmente. Por eso se enfermó. Ese rechazo constante de su padre hizo que Manuel lo detestara más y más cada día. Manuel se concebía como un monstruo, un error de la naturaleza.

- Durante el accidente, Manuel lloraba y gritaba y le impidió la visibilidad, lo que causó que nos estrelláramos. Por unos segundos perdí el conocimiento y al despertar me di cuenta que todos estaban inconscientes. Pensé entonces que habían muerto. Lo vi como mi oportunidad de huir lejos de todos. Tomé a Manuel y huimos de la ciudad por muchos años, hasta que yo enfermé y no pude seguirme ocupando de él. Manuel se volvió un indigente.

- ¡Cómo! ¡Dice usted que este hombre es un indigente de la calle!

La mujer no paraba de llorar mientras contestaba las preguntas del Fiscal. Resoplaba la nariz y secaba sus lágrimas con el borde de su falda.

- Sí, así es, mi hijo es un indigente por quien he sufrido tanto.

Nuevamente Manuel se levantó y gritaba desaforadamente. El Fiscal continuaba con su interrogatorio.

- Señora Ana, dígame: ¿Es mentira que Rafael es abogado?

- Es mentira, señor. No es ni bachiller. Su padre fue quien estudió Derecho. Manuel, de niño, decía que quería ser como su padre y, mucho después, dentro de sus locuras afirmaba que iba a los

Juzgados y que era abogado. No le contradecía para no exaltarlo.

- ¿Y sabe usted a dónde está ahora mismo su esposa y sus hijos?

- El nunca tuvo una esposa ni hijos. Solía llamarme Sandra y me hablaba de forma romántica. Nunca quise contradecirlo. Lo veía feliz y era lo que en el fondo me importaba.

- ¿O sea que las personas que hemos estado buscando todo este tiempo no existen?

- Si han estado buscando a su esposa y a sus hijos, realmente no existen.

Manuel se levantó nuevamente y gritó con más fuerzas.

- No, cállate maldita. Escucha Emiro. Son ellos los de la Junta. Esta mujer está comprada. Han manipulado todo, hasta las pruebas, me quieren lejos de todo.

En ese momento Rafael se soltó de sus captores y logró sacar el revólver de la vaina del guardia y amenazaba en forma intimidante, mientras trataba de escaparse por la ventana e insistía en afirmar:

- Yo soy Rafael Monterrosa y tengo mi familia. Lo voy a comprobar con mi vida si es necesario.

Salió por la ventana. Como un energúmeno echo a correr. En la misma calle quedaban los Juzgados. Corrió y encontró en la puerta a Ismael, el vigilante, con quien mas amistad tenia y, jadeante, le inquirió:

- Ismael, mírame. Soy la misma persona que has visto venir todos los días en estos últimos años.

- Sí, Rafael, ¿Qué sucede?

- ¿Cierto que soy abogado y trabajo aquí?

- Sí, Rafael.

Al ver los guardias cerca, Manuel corrió sin rumbo fijo. Los guardias se detuvieron y decidieron llamar por apoyo policivo para montar un operativo con el fin de recapturar a Manuel. Los guardias comentaron al Capitán Martínez el incidente y quién se encargaría de averiguar con el vigilante de los Juzgados, qué había hablado con Manuel.

Martínez fue enfático.

- ¿Conoce bien a la persona que acaba de conversar con usted y a quién venía persiguiendo unos guardias?

- Sí, claro. Ese hombre ha venido aquí por muchos años. Dice llamarse Rafael, pero no lo sé. No es un abogado y no trabaja aquí. Se ubica en el fondo y allí simula estar trabajando. Todos lo conocemos y le seguimos la corriente.

Martínez salió, ahora, convencido más que nunca que se encontraba ante a un caso sui generis. Era la primera vez que le tocaba enfrentar una investigación de este tipo y se reía de cómo él mismo había sido engañado. Así las cosas se dirigió a hablar con Ganem y González para preguntarles sobre dónde creían ellos que estaría en este momento Manuel.

Después de pensarlo varias veces, Ganem exclamó.

- Él está confundido por todo lo que sucede. Creo que irá a su casa.

- Creo saber más o menos dónde es. Acompáñenme.

El Capitán Martínez se llevó varios agentes, enfermeros, y a los dos médicos para tratar de encontrar a Manuel.

Manuel, como lo había previsto Ganem, llegó a su casa. Quedó paralizado al ver a lo lejos su casa deteriorada y con aspecto de abandono y ruina. Entró y pudo ver que eran pocas las cosas que había dentro. Varias cajas que simulaban un juego de sala y de comedor y mucho sucio a su alrededor. Buscó la alcoba. Vio varios cartones que simulaban una cama. Había cerca de él un mueble donde guardaba sus álbumes con las fotos de recuerdo. Como ya había visto, no tenía fotos por ninguna parte. Manuel se desesperaba y lloraba. No entendía lo que pasaba. Entró al cuarto de al lado, donde supuestamente dormían sus hijos, pero encontró dos cunas oxidadas, deterioradas y, colgando del cielo raso unas figuras dibujadas, las cuales se usaban en las cunas para tranquilizar a los niños, pero que hacia años habían dejado de funcionar.

Al volver a la sala encontró un teléfono. Lo levantó. No tenía tono y el cable no estaba conectado. No existía ningún interruptor cerca para conectarlo. Era inservible. Pudo ver también una tapa de aceite que estaba en el sofá y decía Mazda en el centro. En el armario estaban tres mudas de ropa. Trajes enteros que estaban rotos y deteriorados por la polilla.

Soltó el arma. La dejó caer al suelo. Se asomó al baño. Hacían muchos años que ese baño no se usaba. Al pasar ante el espejo borroso se volvió a impresionar cuando miró que su rostro no era el mismo. Se tiró en el suelo a llorar, sus fuerzas habían llegado al límite. Se sentía vencido. Después de un rato exclamó en forma angustiada:

- ¿Qué es todo esto Dios mío?

Alguien a la entrada de la puerta respondió.

- Es el resultado de la remisión. Mejoría de tu enfermedad.

Era Carlos Ganem, rodeado de agentes de la policía quienes habían recuperado el arma y estaban seguros de que no había peligro alguno. Ganen dio la orden de que lo agarraran los enfermeros y que se manejara con un sedante como un paciente psiquiátrico.

- ¡No, por favor, ayúdenme. Encuentren mi familia¡

Su voz se apagaba por el efecto del sedante que se le había administrado, hasta que fue quedándose en un estado de inconsciencia.

Las audiencias continuaron. Mientras Manuel estaba en uno de los calabozos de la Fiscalía, se seguía interrogando a Ana.

- Señora Ana, le reitero la pregunta: ¿Ese hombre que usted dice se llama Manuel Monterrosa es un indigente?

- Bueno, él vivía, o mejor, vivíamos en una casa abandonada hace años en el barrio de Manga. Muy deteriorada por el tiempo. Dormíamos en cartones. Él en un cuarto y yo en el otro. Él todas las mañanas salía a trabajar, según iba a los Juzgados. Los vigilantes ya lo conocían y le seguían la corriente, incluso todos le seguían la corriente y le regalaban alguna que otra propina.

- Reitere, por favor, que las tres personas que busca la policía no existen ni existieron nunca.

- Se lo reitero, señor, sólo existen en la mente de mi hijo.

- Pero doña Ana, ¿Por qué no detuvo todo esto a tiempo?

- ¿Detener qué? Cuando me enfermé de muerte y mi familia me trasladó mi pueblo, nadie se quiso hacer responsable de Manuel. Usted ya sabe lo que piensa la gente sobre las enfermedades y los enfermos mentales. Durante este tiempo le perdí el rastro a mi hijo. Cuando volví ya estaba muy avanzada la enfermedad. Imagínese, no recibía tratamiento alguno. ¿Cómo la traía de vuelta a la realidad? ¿Qué realidad le mostraría? Entiéndame, por favor, esa era su realidad y él se sentía feliz.

- Yo no sabía a quién acudir, soy una mujer de escasos recursos económicos, porque Alberto nos dejó en la calle y el apoyo que puede brindar el Estado es casi nulo.

- Pero, ¿No se daba cuenta de que Manuel se volvió peligroso?

- Él nunca había sido peligroso.

- Pero señora, mató a una persona y no a cualquiera. Mató a su propio padre

- Aunque todo apunte hacia él no lo creo capaz de algo así. Lo conozco muy bien. Muy en el fondo él amaba a su padre y quería ser como Alberto. En cambio, yo si tendría motivos para matarlo, para cobrarle cada dolor que nos causó, a mí a mi hijo. Le entregué mi vida y de que manera me pagó, ignorándonos e incluso después de muerto nos hace daño. Mi hijo ira a la cárcel por él.

- ¿Dónde estaba usted la noche crimen, señora Ana?

- Sé lo que trata de insinuar, señor Fiscal. Pero quiero decirle que si hubiese sido la asesina ya habría confesado para salvar a mi hijo. Pero no me lo creerán y no voy a decir dónde estaba, señor Juez, si este dato sirve. Entonces incúlpenme a mí.

- Usted sabe, señora Ana, que así no funciona la ley.

Al terminar el interrogatorio de Ana María Agámez, se llamó al estrado al Doctor Roberto González.

- Doctor González, tiene usted la última palabra. Explíquenos por favor en qué consiste la enfermedad que padece Manuel Monterrosa.

- Seré lo más explicito posible. Manuel Monterrosa tuvo una niñez muy traumática y dolorosa y la forma como su mente se defendió fue fragmentándose. Es como si usted, señor Juez, tuviera una rama entera. Es un todo y luego la parte por la mitad. Quedan dos partes independientes. Así estaba la mente de Manuel. Tenia dos personalidades, la de él y la de su hermano Rafael Monterrosa. Eso se pudo evocar en la hipnosis.

- Las dos personalidades subsistieron un largo tiempo, pero después de un tiempo una de las personalidades anuló a la otra y quedó solo la de Rafael. Por eso no recordaba bien su niñez o mejor la niñez de Rafael. Había cosas incongruentes. En su infancia apareció una esquizofrenia que persistió con mucho contenido delirante. La esquizofrenia es una enfermedad donde los síntomas predominantes son las ideas delirantes que son ideas falsas, pero que no se le puede hacer cambiar al paciente esa idea o creencia. Por lo general son ideas de persecución. Pero pueden ser sobre cualquier tema. Por lo general son poco estructuradas.

- O sea, muy simples, pero en este caso en particular eran muy bien elaboradas y conformadas. Además aparecen otros síntomas que son las alucinaciones, que sensaciones que no tiene un real estímulo. Por lo general, en la esquizofrenia son auditivas, voces que maltratan a la persona o la amenazan, pero a veces pueden ser una combinación de varias: visuales, auditivas, táctiles o todas juntas, como en Manuel. Para ser más claros, es como un sueño, vivir en un sueño, ¿Con qué soñamos los seres humanos? Con dos conceptos básico: con nuestros temores y con nuestros deseos. La mayoría de los esquizofrénicos sueñan con sus temores. Manuel soñaba con sus deseos. Su realidad era muy dura y difícil de vivirla. Su mente buscó la forma de llevarlo a un lugar donde fuera más fácil vivir y subsistir.

- Como ustedes pueden apreciar, este paciente padece de dos tipos de enfermedades diferentes que coexisten. Una es el trastorno de múltiples personalidades y la otra es la esquizofrenia.

- Disculpe, doctor, ¿Quiere decir que todo era una mentira, nada existía; la esposa, los hijos, el carro, la casa?

- Así es. Pero era una mentira sin intenciones. Manuel no sabía que mentía, porque para él esa era su realidad, aunque para nosotros no lo fuera. Es una especie de Realidad Alterna. Por eso usaba esa tapa de aceite. Él creía que iba en su carro a su casa. Por eso trataba a su mamá como si fuera su esposa, una percepción delirante. Llamó a su esposa como se llamaba la mujer que él quería que fuese su madre, Sandra Ardila, esposa de su padre. Llamó a su hijo, Alberto Rafael y a su hija Sandra.

- Ahora, ¿Cuál fue la carrera que escogió? La misma que ejerció su padre y en la misma Universidad. Él y su esposa se conocieron de la misma forma como se conoció Alberto con Sandra Ardila. Él oía cuando niño que su padre trabajaba en el Juzgado. Como puede ver, señor Fiscal, todos sus deseos e ideas eran de una vida perfecta. No podemos soñar con lo que no conocemos. Eso hizo la mente de Rafael. Todo inconsciente nada con intención.

- ¿Por qué? Dígame doctor, ¿Tantos años y ahora es cuando se desató todo? ¿Por qué Manuel precisamente ahora se ha dado cuenta de su equivocación o de su sueño como usted dice?

- Es una explicación compleja, pero a la vez muy simple. Por alguna casualidad Manuel fue a mi consultorio aquejado por unos síntomas hasta yo mismo en ese momento no podía diferenciar si su realidad era o no cierta. Interpreté aquellos síntomas como una especie de psicosis, por lo que instaure el tratamiento psiquiátrico adecuado con antisicóticos. Lo que pasó a continuación fue increíble, impensable. Voy a tratar de ser lo más claro posible.

- En el momento que le instauré el tratamiento antisicótico estaba en sus sueños, es decir, con sus síntomas. El tratamiento mejoró los síntomas y lo sacó del sueño. Por eso perdió aparentemente la cordura y se desestabilizó. Estuvo por primera vez en la realidad, una realidad en donde no había construido nada. Todo lo construyó en el sueño, o sea aterrizó en la verdad, en una cruel verdad donde no era abogado, no tenia familia y donde era un indigente de la calle.

- ¿Por qué el supuesto Rafael Monterrosa lo visitó en su consultorio?

- Mire, yo revisé unas tabletas que él había estado ingiriendo, y ahora caigo en cuenta de que la mujer que se las daba era la mamá. Esos medicamentos eran antipsicóticos que habían permeado sus sueños y comenzaban a filtrarse en su mente algunos destellos de su realidad que registraron en su mente una falsa percepción de enfermedad. Él me buscó para sanarse.

- Le haré una última pregunta, Doctor González, ¿Cree usted que Manuel Monterrosa pudo ser el asesino de su padre?

- No seria coherente con sus sentimientos, pero, como lo dijo el Doctor Ganem, sí es posible.

- Eso es todo, su señoría, no tengo más preguntas.

El Juez se levantó de su asiento y en voz alta comenzó a leer el veredicto final.

- El acusado Manuel Monterrosa ha sido encontrado culpable del asesinato del señor Alberto Monterrosa. Su condena debe darse en forma especial por su estado mental, por lo que se ordena llevar a un centro de anexo psiquiátrico donde se le instaure un tratamiento psiquiátrico adecuado. Pero estara bajo vigilancia policíaca permanentemente.

Alonso Martínez, se encontraba en su oficina. Para él aún existía la duda de que Manuel fuese el asesino. Como lo había dicho el Dr. González era incongruente con sus sentimientos, pero solo era una corazonada. No tenía ninguna evidencia que apuntara a otro asesino.

De pronto sonó el teléfono. Al otro lado de la línea hablaba una mujer.

- Capitán Martínez, le habla Mariela Fonseca, ¿Me recuerda?

- Claro que sí señora, ¿Para qué soy bueno?

- Mire, he estado revisando el baúl del señor Monterrosa y he encontrado un documento que párece ser el testamento dejado por Don Alberto, y que ustedes tanto han buscado.

- No lo toque por favor. Voy inmediatamente para allá.

Martínez se desplazó lo más rápido que pudo. A pesar de lo pesado del tráfico de esa hora pico, tomó el manuscrito y se lo llevó para ser oficialmente leído. Llegó a la Notaría Primera. El Notario dio la por orden judicial para que fuese leído delante del Fiscal y la Policía Judicial, quienes ya habían sido alertados por el segundo del Capitán Martínez.

Para asombro de todos, el señor y abogado Alberto Monterrosa había dejado todos sus bienes y su 51% de la empresa Monteardila a Mariela Fonseca y decía a pie juntillas "Dejó todos mis bienes y mi participación del 51% en la empresa Monteardila a Mariela Fonseca, quien es la mujer con la que he compartido mis últimos años de vida y a quien amo profundamente". Para el capitán Martínez era muy extraño aquel giro tan inesperado en el testamento de Alberto Monterrosa. Como el testamento había sido levantado en esa misma Notaria, se corroboró su autenticidad de inmediato.

Martínez paseaba en su oficina muy pensativo, con muchas dudas en su mente. Por su oficio era un hombre perspicaz y era muy extraño que apareciera después del juicio el testamento. ¿Por qué no antes si los agentes de la Policía Judicial habían puesto patas arribas la casa sin encontrar nada, incluyendo el baúl privado de Don Alberto?

De pronto recordó las palabras de un agente de la policía quien, al llegar a la casa de Monterrosa el día del asesinato, le dijo: "La puerta estaba abierta y las cerraduras no fueron forzadas. No hay evidencia de que se haya forzado ninguna puerta ni ventana". Martínez pensó, entonces, que la persona que asesinó a Don Alberto tenía las llaves de la casa. Por lo tanto tenía acceso fácil a la casa, y la única persona que tenía esas llaves era Mariela

Fonseca. Solicitó, telefónicamente, las grabaciones de la Policía Nacional, donde se había notificado el asesinato.

Cuando tomó las cintas logró ver el número del teléfono de donde salió la primera llamada y otro recuerdo pasó por su mente. Era parecido al número telefónico de donde se hizo la llamada de esta mañana. Quiso corroborarlo, llamando a Telecartagena.

Martínez, muy intrigado por el nuevo elemento que se había anexado a la investigación, escuchaba una y otra vez la grabación.

"Policía, mire, acabo de escuchar unos gritos en la casa Monterrosa. Vengan pronto. Han golpeado a alguien".

Cada vez más le parecía conocida la voz. Luego, escuchó otras grabaciones: dos vecinos que daban el aviso de los gritos.

"Policía, mire se acaban de escuchar unos gritos en la casa de Alberto Monterrosa. Envíen un patrulla a verificar "

Después de escuchar las cintas, Martínez pensó que tal vez la primera mujer había cometido un error cuando dijo "Vengan pronto, han golpeado a alguien". Cómo pudo saber que lo habían golpeado. Quizás era una traición freudiana de su subconsciente.

Miró con detenimiento las horas en las cuales se produjeron las llamadas y, claramente, pudo observar ver que entre la primera y las otras tres había una de diferencia de cinco minutos y que un minuto después de la última llamada, ya la policía se encontraba en el lugar de los hechos.

Sonó el teléfono. La operadora de Telecartagena le informaba que el número del teléfono correspondía una casa frente a la vivienda de Don Alberto Monterrosa y que estaba a nombre de Camilo Salcedo, un abogado sancionado por la ley por un fraude procesal.

Todo empezó a aclararse. Camilo era el vecino que había tomado la fotografía y que había declarado en el estrado.

Algo más, la hora que decía la llamada era 7:00 p.m. y la otra llamada era a las 7:05 y la tercera 7:10. La Policía acudió al sitio y llegó a las 7:11 p.m. Daba la impresión que la Policía había sido avisada antes de que ocurriera el asesinato, porque la persona que asesinó a Don Alberto quería tener un chivo expiatorio, un culpable. Por eso llamó antes del asesinato para que diera tiempo de capturar a Manuel.

Por ese motivo le tomó la foto que fue, seguramente, mucho antes, cuando Don Alberto aún no había llegado a su casa. Pero el asesino no contó con que Manuel se iría de allí más rápido de lo previsto. El presunto asesino abrió la casa sin forzar nada. ¿Quien más que Mariela Fonseca?

Entonces, había una relación entre Mariela Fonseca y Camilo Salcedo. Probablemente eran amantes. Por eso Camilo y Alberto no se hablaban. Esa era la mujer a la que él hizo referencia en el juicio. Don Alberto debió darse cuenta y procedió a echarla de la casa y como el testamento ya estaba hecho a favor de ella, seguramente Don Alberto lo cambiaria. Y si existían planes de matarlo, ahora debían apresurarse antes de que Don

Alberto Monterrosa se diera cuenta de que el testamento no estaba en el baúl, pues Mariela lo había desaparecido para hacerlo aparecer después de que se inculpara a otra persona, en este caso a Manuel.

Por eso, el otro testigo aseguró que vio a un hombre bien vestido salir de la casa después de los gritos. Era Camilo, el autor intelectual y material del crimen y, como dijo el otro vecino, Manuel se alejó de la casa y no estaba allí cuando sucedió el asesinato, pero algo les falló. Como la Policía no capturó de inmediato a Manuel quien estaba cerca, Mariela se apresuró en llegar a la casa para darle a la Policía datos sobre quién podía haber sido el asesino, para que se capturara obviamente a Manuel Monterrosa o, en su defecto, a Ana María Agámez. Martínez sonrió de felicidad. Sabia que estos datos abrirían de nuevo el caso y que Manuel no era el asesino de Don Alberto Monterrosa. Llamo al Fiscal para anunciar las buenas nuevas.

La Policía allanó la casa de Camilo Salcedo y encontró allí a Mariela Fonseca. Encontró además, el objeto contundente con que se propinó el golpe, un bate de madera que había sido manipulado con agua y alcohol para tratar de ocultar las huellas del asesino y las del trauma, pero encajaba perfectamente en la lesión de la cabeza de Don Alberto. De inmediato se procedió a capturar a ambos. Este giro intempestivo reabrió el caso. Mariela Fonseca se declaró culpable ante el Juez e inculpó a Camilo Salcedo, quien aún insistía en negar su culpabilidad. Mariela Fonseca se acogió a sentencia anticipada, por lo que fue condenada a veinticinco años de cárcel con derecho a rebaja de pena por buena conducta y a Camilo Salcedo se le condenó a la pena máxima permitida por las leyes colombianas. Apeló buscando comprobar su inocencia.

Emiro Pretel logró conseguir que se le dieran los bienes y el porcentaje al único heredero vivo de Don Alberto Monterrosa, Manuel Monterrosa. Logró, además, tomar el poder para representar a Manuel en la Junta de la empresa Monteardila y representar sus bienes, claro vigilado por Ana María Agámez.

Manuel se trasladó a otra clínica que no era de alta seguridad, pues se demostró que no era peligroso para la sociedad. El Capitán Martínez lo visita de vez en cuando, lo mismo Emiro Pretelt, su abogado, más por intereses económicos que afectivos.

Ana María Agámez sí lo hace todos los días. Se encuentra con el Doctor González, a quien le pide cuentas detalladas de la evolución de su hijo. Esta mañana ella, bajo un torrencial aguacero, aproximadamente de dos horas, el cual mantenía a la ciudad prácticamente paralizada, aprovechó un momento en que amainó la lluvia para encontrarse con el Doctor González que ya iba de salida.

- Doctor González, disculpe, ¿Ha hablado hoy con Manuel?

- Lo intenté doña Ana, pero no quiso conversar conmigo. De hecho fue el primer paciente que visité justo cuando comenzaba la lluvia.

- Doctor González, hoy me ha asaltado una duda. Estoy muy triste. Desde ayer que le vi por última vez le miré la cara a Manuel y hay tristeza en su rostro. No es feliz. Todo lo contrario, cuando estaba soñando era muy feliz. Mantenía la sonrisa en su rostro, la que hoy se ha perdido. Creo que no entiende qué pasa .

- Ese es un dilema señora Ana. Quiero escribir algo sobre esto y presentar el caso ante la Sociedad Colombiana de Psiquiatría. La verdad es que la mayoría de los esquizofrénicos sueñan con sus miedos y por eso hay que tratárseles para sacarlos de esa pesadilla. Pero cuando el sueño es bueno se presenta esta disyuntiva, porque ese sueño los hace feliz, así simplemente. La pregunta es: ¿Debería tratarse a pesar que en la realidad no hay nada para ellos, como le pasó a Manuel?

- He estado pensando si seria mejor que regresara a su sueño y que se le suspendiera el tratamiento.

- Ahora no puedo hacer nada señora Ana, pues mi juramento ante la ética médica me obliga a seguir el tratamiento e intentar de adaptar a la vida real, o supuestamente real, a Manuel. No dejarlo en su locura. Ahora me disculpa, señora Ana. Debo retirarme.

Ana lo miró, con mucha tristeza, perderse a lejos en su auto. Las lágrimas arrasaban sus ojos, pero debió apresurarse, pues tenía que asistir a una cita médica y el cielo se nublaba nuevamente. Manuel Monterrosa sacaba de su escondite secreto otro cigarrillo. Con este completaría medio paquete en dos horas. Aún no se explicaba lo que pasó, pero muy dentro de su corazón deseaba que llegara la noche para volver a soñar.